1일 1새
방구석
탐조기

방윤희 글·그림

오늘은 괜찮은 날이라고

새가 말해주었습니다

생각
정원

차
례

하루,
잠시 새 볼 틈

저는 그림을 그립니다. 그리고 새를 좋아합니다. 언제부터인지, 왜 좋은지는 모르겠어요. 몇 년 동안 새를 지켜본 이야기를 담아 《내가 새를 만나는 법》이라는 책도 냈습니다. 새를 보려면 고개를 들어야 합니다. 그러니까 새는 하늘을 보게 하죠. 어쩌면 제가 새를 좋아하는 이유가 그건지도 모르겠습니다.

탐조 활동이라고 해봐야, 작은 카메라를 메고 동네를 어슬렁대는 게 다입니다. 남편이 쌍안경을 사주긴 했네요. 이 소소한 활동을 탐조라 하긴 민망해서 저는 '새를 본다'고 말합니다.

12년 동안 키우던 반려견 비단이가 세상을 떠난 후, 밖으로 나가 새를 보는 일에 시큰둥해졌습니다. 그림 작업을 핑계로 집에만 있었죠. 자꾸 눈물이 나고 말도 하기 싫었습니다. 생전 느껴보지 못한 낯선 감정에 휩싸여 힘든 시간을 보내야 했습니다.

창문 밖에 새가 보여도 제 마음은 푹 가라앉아 있었어요. 새들은 포르르 어딘가를 향해 분주히 날아다녔습니다. 멍하니, 그냥, 아무 생각 없이, 새를 바라보는 날이 이어졌습니다.

신발장 쪽 작은 창문틀에 해바라기씨를 몇 개씩 올려두었습니다. 비
단이가 떠나기 전에도 창틀에 가끔 새 모이를 올려두곤 했어요. 우
리 집은 2.5층, 창밖의 아래쪽은 보일러실이라 사람이 지나다니지
않습니다.

새들은 모이를 물고 금방 날아가 버려요. 그런데 제가 종일 집 안에 있다 보니 창틀에 드나드는 새들과 마주치게 됐습니다. 박새, 동고비, 쇠박새, 참새, 까치, 어치…… 봄여름과 가을에는 하루 한 줌, 먹을 게 없는 겨울에는 한 줌씩 세 번 모이를 줬습니다.

눈으로만 새를 보다가 어느 날 핸드폰을 바꾸면서 구형 핸드폰으로 '창틀 먹이터'를 촬영하기 시작했습니다. 창문 틈에 핸드폰을 세워놓고 녹화 버튼을 눌러놨어요. 꾸준히 모이를 주니 갈수록 찾아오는 새가 많아지고 점점 먹이양도 늘어났습니다.

저녁이면 녹화된 영상을 열어보았습니다. 우리 집에 다녀가는 새를 가까이서 보니 굉장히 새롭고 신기했어요. '오늘은 누가 왔을까?', '어떤 귀여운 모습을 보여줄까?' 자꾸만 생각났습니다.

어느 날, 동고비가 부리에 진흙을 묻히고 왔습니다. 진흙을 물어 나르며 둥지를 짓다가 배가 고파 잠시 들른 거죠. 고단한 듯 보이는 동고비의 모습에 어떤 책임감이 느껴졌습니다. 비를 홀딱 맞은 채로 다급하게 먹이를 물고 가는 까치는 또 왜 그리 안쓰럽던지요.

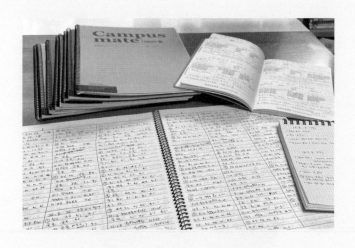

제가 재미로 하는 버드피딩과 촬영이 새들에게는 먹고사는 일이었습니다. 왠지 좀 미안했어요. 그래서 매일 영상을 나름대로 분석했습니다. 우리 집에 오는 새의 종류와 특이점, 행동, 습관 등을 일기처럼 적었지요. 덕분에 단골도 알아보고 이름도 지어줬어요. 새의 일상과 마음을 조금이라도 알고, 응원을 보태고 싶었습니다.

새롭고 흥미로운 날보다 그날이 그날인 날들이 더 많았습니다. 우리 사는 것처럼 새들도 날마다 똑같이 와서 그저 모이를 먹고 갔지요. 그래도 돌이켜보면 창틀에서 바라본 새들의 1년은 분주했어요. 집 짓고, 짝짓기하고, 새끼 낳고, 먹이다툼하고, 여기저기 다치고, 새끼를 독립시키고, 털갈이하고……

봄, 여름, 가을, 겨울, 그리고 다시 봄이 왔습니다. 새와 함께한 일상을 기록한 노트가 10권입니다. 하루도 거르지 않았어요. 어떤 새가 몇 번 왔는지, 먹이를 얼마나 먹었는지 적었습니다. 다친 모습, 싸운 일…… 창 틀 먹이터에 들른 '새들의 일'을 날마다 꼼꼼히 기록했습니다.

이 책은 기록해 둔 노트를 간추린 것입니다. 365일 우리 집 창틀에 날아와, 무기력하던 내게 하루의 의미를 일깨워 준 새들 이야기예요. 기적과 신비는 먼나라 이야기인 줄 알았는데, 바로 옆에 있더라고요. 작은 몸집으로도 치열하고 성실하게, 그리고 매일 똑같은 하루를 지루해하지 않고 살아가는 새들의 삶이 기적처럼 보이고 신비로웠습니다. 어쩌면 나, 당신, 우리의 일상도 마찬가지겠지요.

2019년 크리스마스이브, 비단이의 유골이 담긴 하얀 도자기를 들고 집으로 오면서 생각했습니다. 유골을 어디에 뿌리는 일은 절대 없을 거라고. 슬픔이 너무 컸지요.

지난 1년 동안 저는 창틀에 약간의 모이를 주었을 뿐인데, 새들은 많은 것을 가르쳐주었습니다. 살아있음의 기쁨과 슬픔이 둘이 아니라는 것을요. 그래서 슬픔마저도 비단이가 주고 간 선물이라는 걸 알았습니다.

새를 보는 것은 결국 삶을 생각하는 마음과 연결이 되나 봅니다. 새를 보는 동안은 '나'라는 존재를 잠시 잊게 되어요. 그러고 나면 나를 조금 더 긍정하게 되고, 세상이 조금 달라져 보여요. '음, 이대로도 괜찮아' 하는 기분 같은 거죠. 저의 소박한 기록이 하루 잠시, '새 볼 틈'을 내는 데 작은 보탬이 되기를 바랍니다.

참새
무리를 지어 다닌다. 다른 새의 크기를 가늠하는 '자'와 같은 역할을 해서 '자새'라고도 한다. 가장 흔한 텃새지만 의외로 경계심이 강하다. 창틀 먹이터에 올 때는 조심스럽게 몰려와서 와자지껄 먹고 순식간에 사라진다.

박새
참새와 비슷한 크기다. 흔한 텃새로 공원이나 나무 근처에서 쉽게 볼 수 있다. 목에서 배로 이어지는 긴 검은 무늬가 특징이며, 암컷에 비해 그 부분이 진하고 굵은 수컷은 창틀 먹이터에서 다른 새들에게 과시하는 모습을 자주 보인다. 모이는 한 번에 1개씩만 물어 간다.

쇠박새
'쇠'는 '작다'는 뜻이다. 창틀에 오는 새 중 덩치는 가장 작지만 크고 선명한 소리를 낸다. 흔한 텃새나 회색 톤의 수수한 모습 때문에 박새나 곤줄박이에 비해 눈에 잘 띄지 않는다. 창틀 먹이터를 부지런히 오가며 작은 부리로 해바라기씨를 2~3개씩 물고 간다.

곤줄박이
참새보다 약간 크다. 흔하게 볼 수 있는 텃새이며 사람이 손에 먹이를 올려두면 날아와 먹는다. 딱딱한 먹이를 부숴 먹느라 딱따구리가 나무 쪼는 듯한 소리를 내기도 한다. 창틀에 오고 갈 때 항상 경쾌한 소리를 낸다. 해바라기씨보다는 땅콩이나 아몬드를 좋아한다.

동고비
참새와 비슷한 크기이다. 강한 발톱으로 나무를 자유롭게 기
어다닐 수 있다. 딱따구리가 썼던 둥지 입구에 암컷 동고비가
진흙을 붙여 구멍을 좁힌 후 이용한다. 창틀에 오면 해바라기
씨를 벽돌 틈에 끼운 채 부리로 쪼아 부숴 먹는다.

까치
흔한 텃새이다. 잡식성으로 작은 동물, 곤충, 열매 등 다양하게
먹는다. 나무 높은 곳에 둥그런 형태의 둥지를 짓는데 도시의
가로수에서도 흔하게 볼 수 있다. 봄철에 한 쌍이 창틀을 종종
찾았고 이후에는 가끔 들르는 정도.

머치
까치와 비슷한 크기. 날개깃에 파란 줄
무늬가 있어서 알아보기가 쉽다. 다람
쥐처럼 겨울을 대비해서 먹이(도토리
등)를 저장한다. 다양한 소리를 흉내
내는 새로 유명한데, 창틀 먹이터에서
도 '과악-, 꾸르르-, 끼릭-' 같은 이상
한 소리를 많이 낸다.

직박구리
비둘기보다 조금 작고 날씬한 체형이
다. 식물의 열매를 매우 좋아한다. 무
려 50여 종의 열매를 먹기 때문에 식물
의 종자를 퍼뜨리는 일등 공신이다. 몸
전체가 회색이며, 뺨은 갈색이다. 주로
먹이가 적은 겨울, 창틀에 와서 해바라
기씨를 주워 먹고 간다.

멧비둘기
흔한 집비둘기와 같은 크기다. 쉽게 볼 수 있는 텃새이며 '구구- 구구-' 하는 단조로운 소리를 낸다. 암수 한 쌍으로 다니는 경우가 많다. 볍씨, 곡물 등을 좋아한다. 창틀 먹이터에서는 모이를 모두 먹어 치우고 자기들끼리 싸우는 '빌런'의 면모를 보여준다.

물까치

까치보다 몸집이 조금 작다. 흔한 텃새이고 집단생활과 공동 육아를 한다. 길고양이 사료도 좋아하는 잡식성이다. 무리 지어 이동하며 먹이를 찾기 때문에 한곳에 오래 머무르지 않는다. 먹이 순방길에 잠깐 창틀을 살피고 간다.

청딱따구리
비둘기보다 몸집이 조금 작다. 등이 푸르스름해서 '청'딱따구리이다. 수컷은 이마가 붉은색이며 번식기에는 속이 비고 단단한 나무를 드럼 치듯 두드려 '두루루룩-' 소리를 낸다. 먹이가 부족한 겨울에 처음 창틀에 나타났다.

> 새들과 함께
> 등장하는 친구들~

호랑지빠귀 (귀신새)

우리나라 여름 철새. 깃털이 호랑이 무늬를 닮았다. 밤에 '히이- 오오-' 가냘픈 소리로 울어대 귀신새, 저승새로도 부른다. 주로 지렁이와 곤충을 먹기 때문에 땅 위에서 낙엽을 헤치거나 몸을 흔드는 모습을 볼 수 있다. 3월 말부터 소리가 들리기 시작한다.

붉은배새매

맹금류 중에선 작은 새로 비둘기와 비슷한 크기다. 생김새는 암수가 비슷하지만 수컷은 눈동자에 노란색이 없다. 여름 철새이고 개체 수가 적은 편이다. 작은 새를 노린 듯 창틀 먹이터에 들렀다 가는 모습이 영상에 찍혔다.

파랑새

비둘기 정도의 크기로 머리가 큰 편이다. 몸 색깔은 청록색에 가깝다. 벨기에의 작가 마테를링크의 《파랑새》에 등장하며 행복을 상징하는 새로 알려졌지만, 실제로는 시끄럽고 사납다. 나무 높은 곳에 머무르며 우리 동네에서는 대략 5월 중순부터 8월 말까지 보인다.

새의 몸 구조 알아보기

● 전체 구조

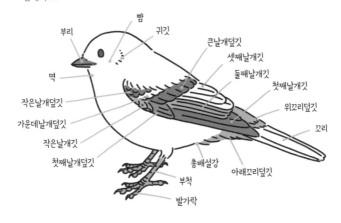

뺨
부리
귀깃
큰날개덮깃
셋째날개깃
둘째날개깃
첫째날개깃
위꼬리덮깃
꼬리
멱
작은날개덮깃
가운데날개덮깃
작은날개깃
첫째날개덮깃
총배설강
아래꼬리덮깃
부척
발가락

● 깃털: 깃털의 종류는 매우 다양하지만 대략 6가지로 분류한다.

비행깃
날개깃, 꽁지깃

겉깃털
겉으로 보이는 털

반깃털
겉깃털과 솜털의 중간

솜털
보온기능의 털

뻣뻣한 털(강모깃)
보통 입 주변 등 맨살에 난다.

털 모양 깃털
주로 비행깃 아래에서
감각기능을 담당

* 참고: 《깃털》, 소어 핸슨, 하윤숙 옮김, 에이도스

● 부리: 부리의 생김은 새의 먹이활동 방식을 유추해 볼 수 있는 흥미로운 부분이다. 흔히 보는 참새, 딱따구리, 어치, 비둘기, 청둥오리만 봐도 형태와 기능의 다양성을 짐작할 수 있다.

참새
짧고 두껍다.

청딱따구리
약간 길고 곧다.

어치
두껍고 끝이 약간 휘었다.

멧비둘기
좁고 끝이 약간 휨. 납막이 발달.

쏙독새
짧고 뾰족하지만 가로로 넓게 벌어진다.

매
두껍고 강하게 휘어진 부리 끝이 날카롭다.

후투티
길고 뾰족하고 아래로 휘었다.

청둥오리
넓적하다.

비오리
끝이 좁고 약간 아래로 휨.

저어새
길고 부리 끝이 둥글넓적하다.

● 발: 앞쪽 발가락 세 개, 뒤쪽 발가락(엄지발가락) 한 개가 가장 흔한 모습이지만, 환경과 생태에 따라 발의 생김 또한 다양하다. 발가락 모양과 개수, 위치에 따라 분류했다.(그림은 새의 오른발 기준)

일반적인 모습 나뭇가지를 안정적으로 잡을 수 있는 형태

뒤쪽 발가락을 앞으로 쓸 수 있는 형태 (칼새류)

발가락 깊이가 불규칙한 형태 (물총새류)

앞뒤 두 개씩 쓰는 형태 (딱따구리류, 올빼미류, 두견이류, 앵무새류)

발가락이 두 개인 형태(타조)

뒷발가락이 퇴화한 형태 (물떼새류)

앞쪽 발가락에만 물갈퀴가 있는 형태 (오리류, 갈매기류)

뒤쪽 발가락까지 물갈퀴가 연결된 형태 (가마우지류, 얼가니새류)

판족이 있는 형태 (논병아리류, 물닭)

발가락이 매우 긴 형태 (물꿩류, 쇠물닭, 뜸부기)

방구석 탐조 방법

집 창가에 새들이 좋아하는 해바라기씨 등을 놓아두고, 구형 핸드폰과
핀마이크를 설치한 뒤 오전과 오후, 정해진 시간 동안 촬영했다.
저녁에 녹화된 영상을 보고 관찰 일기를 남겼다.

- 장소: 우리 집 창틀(빨간 벽돌집 2.5층, 신발장 옆 바깥 창틀)
  창문 밑으로는 보일러실이 있으며, 통로는 고양이들이 주로 이용한다.
- 장비: 안 쓰는 핸드폰, 서랍에 굴러다니던 핀마이크
- 먹이: 해바라기씨, 땅콩, 아몬드 등
- 경비: 한 달에 1만 5천 원~10만 원(계절에 따라 차이가 있다)
- 주의점: 집 안으로 들어올 수 있는 구멍은 막았으며, 유리창에는 조류 충돌 방지
  필름을 붙였다.

방구석 탐조 특징

- 몸을 쓰지 않고, 찾아오는 새만 보는 에너지 절약형 탐조.
- 낮에 찍고 밤에 확인하는 '주촬야독'으로 부엉이형 인간에게 적합.
- 화면에 보이는 것만 볼 수 있는 우물 안 개구리형 탐조.
- 자주 오는 새는 이름을 지어주는 등 자율형 반려새로 우정을 쌓을 수 있다.
- 내셔널 지오그래픽에 버금가는 나만의 동물 다큐를 찍을 수 있다!

동정(관찰)하는 법

- 언제 어디서나, 새를 발견하고 즐거우면 이미 충분하다.
- 인터넷에 정보가 다 있지만 조류 도감 하나쯤은 갖추자.
- 내가 본 새를 기록하자. 때와 장소, 계절에 따라 새의 특징을 정리하고
  꼭 도감으로 확인한다.
- 기록에는 핸드폰을 활용하자. 시청각, 시간, 위치 정보까지 알 수 있다.
  크게 다음 3가지를 중심으로 살핀다.

- 생김새: 크기, 전체적인 형태와 색깔, 눈에 띄는 특징을 살핀다.
- 행동: 단독인지 무리인지, 먹이활동을 어디에서 어떻게 하는지, 행동 습관 살피기
- 소리: 평상시 들리는 새소리를 녹음해 두고 익숙해질 때까지 종종 들어본다.

나도 버드피딩(Bird Feeding) 해볼까?

버드피딩은 베란다나 정원에 모이통을 설치하여 야생 조류에게 먹이를 주는 행위이다. 숲이 많고 정원 문화가 발달한 영국이나 미국 등 서양에서 시작되었다. 미국에서는 매년 2월을 '버드피딩의 날'로 정하고 다양한 환경 조사를 실시한다. 실제 일정 지역에서 버드피딩을 하고 결과를 조사해 보니, 특정 새들의 개체 수가 늘었다는 긍정적인 효과를 확인했다. 혹 버드피딩으로 개체 수가 증가하여 생태계가 교란된다거나, 인위적인 먹이 공급으로 새들이 야생성을 잃지 않을까 하는 염려는 조금 접어도 된다. 버드피딩으로 늘어난 개체 수보다 인간의 환경 파괴로 사라지는 새들의 개체 수가 훨씬 많으니까 말이다. 그러나 아파트와 건물이 밀집해 있는 서울 같은 대도시에서는 배설물, 깃털, 지저귐 등 사람들에게 민폐를 끼치고, 새들에게 위험요소가 많으므로 이를 충분히 고려해야 한다.

- 집 근처 숲에 모이통을 설치하고 주기적으로 관리한다.
- 단독주택이나 아파트의 경우 모이통 주변에 인적이 없으면 좋다.
- 먹이는 견과류를 중심으로 신선한 자연식품을 준다.
- 모이통과 물통은 물론 주위를 자주 청소한다.
- 여름보다는 먹이가 부족한 겨울에 한다.

* 이 책에 나오는 다양한 에피소드는
월별, 주제별로 정리한 영상으로도 볼 수 있습니다.
https://m.site.naver.com/1e1BU

봄에 소로는 월든 호숫가 숲에서 딱따구리 소리를 듣고 말했다.
"사실상 죽어 있는 것들을 일깨운다.
시든 풀과 잎, 헐벗은 잔가지에 생명을 불어넣는 듯하다.
그 뒤로 하루하루는 더 이상 예전과 같지 않을 것이다."

—

《소로가 만난 월든의 동물들》, 헨리 데이비드 소로,
제프 위너스 편집, 이한음 옮김, 위즈덤하우스

PART 1

봄

날고 싶고 뛰고 싶은 마음

3월

세상에, 우리 집까지
밥 먹으러 오다니!

2022년 3월 1일

새벽부터 비가 내렸다. 아침 해가 뜨고 비가 그친 뒤에 홀
딱 젖은 어치 한 마리가 우리 집 창틀에 나타났다. 사람이건
동물이건 비에 젖은 모습은 왠지 처량스럽다. 날개가 젖은
어치도 좀 안쓰러웠다. 근처 작은 숲에 사는 새들에게 '붉은
벽돌집 창틀'이 맛집으로 소문이 난 모양이다. 비 오는 날에
도 어치가 찾아온 걸 보면.

지금이야 "어, 어치네" 하며 까치 보듯이 하지만, 지난달
에 처음으로 핸드폰에 찍혔을 때는 꽤 놀랐다. 비록 영상이
지만 어치를 가까이에서 보는 건 처음이고, 또 참새나 박새
에 비해 덩치가 커 화면을 꽉 채웠기 때문이다.

요즘 새들을 훔쳐보는 흥분이 조금 진정되면서 새로운

소문나서 와봤더니
별거 없군.

룰루~

호기심이 생겼다. 오늘 찾아온 어치가 어제 왔던 그 녀석인지 궁금해졌다. 예전엔 새를 구분할 생각은 단 한 번도 해본 적이 없다. 같은 종의 새는 모두 똑같이 생겼으니까. 그래서 한 마리가 여러 번 오는지, 모두 다른 새인지도 알 수 없다. 하지만 거의 스토킹에 가깝게 새를 살펴보니 같은 종이라도 아주 똑같지는 않았다! 한번 구분해 볼까.

3월 2일

어치도 사람처럼 얼굴만 보고 누군지 알 수 있을까? 어치는 부리와 연결된 검은 털이나 머리에 있는 검은 점이 특징이니까 영상에서 그 부분을 잘 살펴봤다. 하지만 아무리 봐도 똑같았다. 그 녀석이 그 녀석이었다.

외국 유튜버가 다람쥐를 관찰하는 영상을 즐겨본다. 그는 여러 마리의 다람쥐를 일일이 구별해 각각 기억하고 있었다. 내 눈엔 다 똑같아 보이는데, 도대체 어떻게 알아보는 걸까. 나처럼 궁금해하는 구독자를 위해 그는 다람쥐 구

별 포인트도 올려놓았다. 어치를 구분하는 데 힌트를 얻고
싶어 그 영상을 집중해서 봤다. 하지만 나에겐 그다지 도움
이 되질 않았다. 그저 그가 눈썰미가 좋은 사람이구나, 생각
할밖에.

　핸드폰 영상에서 캡처한 수십 컷의 어치 사진을 모니터
에 한꺼번에 띄웠다. 두 시간 넘게 뚫어져라 쳐다보았다. 마
치 '다른 그림 찾기'를 하는 것처럼. 여러 어치 중에서 얼굴
이 다른 녀석을 드디어 찾았다! 오른쪽 눈 밑에 흰 털이 조금
난 어치가 보였다. 그리고 오른쪽 날개의 파란 줄무늬에 검
은 점이 있는 녀석도 알아보게 됐다. 하지만 나머지는 도저
히 모르겠다. 아무튼 이 두 마리 말고 다른 어치가 보이니까
우리 집을 방문하는 어치는 최소 세 마리다. 느낌적(?) 느낌
으로는 다섯 마리쯤 되는 듯하다. 그런데 오늘 알아본 새들
이 내일도 우리 집에 와줄까?

3월 4일

　오늘 창틀에 온 박새 중에 특이하게 꽁지가 왼쪽으로 많
이 휜 녀석이 보였다. 원래 오던 박새의 꽁지가 휜 것인지,
새로운 녀석이 온 것인지 모르겠다. 우리도 자고 일어나면

머리털이 뻗치고 눌리는 것처럼 박새의 꽁지도 밤사이 눌린 건가? 아닌데, 길에서 주운 깃털은 탄성이 있어서 구부려도 금방 제자리로 오던데, 뭔가 수상하다. 식사 중인 다른 박새들의 꽁지깃은 모두 똑바르다.

'뭐지? 부러진 건가?'

왠지 가슴이 쿵쿵 뛰었다. 가까이에서 새를 관찰하니, 전에는 보지 못했던 것들이 눈에 들어온다.

박새는 우리 집 창틀에 뿌려놓은 해바라기씨를 맨 처음 물어간 새이다. 확실히 다른 새들에 비해 모험심이 많은 듯 보인다. 그 모험심 때문에 어디서 다친 것은 아닌지…….

예전에 살던 집에서도 마찬가지였다. 그때도 처음 와준 새는 바로 박새였다. 보통 새에게 모이를 줄 때는 작은 그릇이나 걸개로 된 '버드피드' 용기를 설치한다. 하지만 셋집에 사는 나는 이도 저도 마땅치 않았다. 어느 날 동네를 산책하다가 우연히 새들이 주택 창가를 기웃대며 창틀의 벌레를 잡아먹는 모습을 발견했다.

'아, 좁은 창틀도 새들에게는 먹이 활동을 하는 장소가 되는구나.'

나는 창틀에 그냥 한번 해바라기씨를 뿌려놓아 보았다. 바로 새들이 날아들지 않았는데, 한 달여 만에 첫 손님으로 반가운 박새가 찾아왔던 것이다.

3월 5일

덩치가 반 뼘도 안 되는 쇠박새 한 마리가 그 조그만 부리로 해바라기씨를 2개씩이나 가져가려고 기를 썼다. 이 녀석은 보통 다른 새 무리에 치여 밀리기 일쑤다. 그래서 더 조마조마한 마음으로 지켜봤는데, 야무지게 씨앗 2개를 부리에 물고 휙 날아갔다. 얼굴에 엄마 미소가 저절로 번졌다.

창틀에서 새 관찰 영상을 찍기 전에는, 쇠박새는 그냥 쇠박새였다. 도감에 있는 새에 불과했다. 숲에 가면 나무에 앉은 쇠박새가 종종 보인다. 그만큼 흔한 새여서, '까만 머리, 잿빛 몸통은 쇠박새'라고 생각하고 무심히 지나친 게 전부다. 더 살펴볼 방법도 없었다. 작은 몸체에 동작은 빠릿빠릿해서 도무지 관찰할 시간을 주지 않기 때문이다.

그런데 창틀 영상으로 만난 쇠박새는 분명한 캐릭터가 있다. 참새나 박새보다도 작아 먹이를 구할 때 큰 새들의 눈치를 보지만, 어떻게든 기어이 물고 간다. 작은 몸집에 밋밋한 털빛, 특별히 눈길을 끄는 데라곤 없지만 자기 삶에 집중하는 모습이랄까, 안간힘 쓰며 제 몫을 물고 가는 쇠박새가 대견하다.

문득 이 작은 새를 응원하고 싶어졌다.

3월 7일

창틀 손님인 어치 무리 중에 오른쪽 가운데 발톱이 없는 녀석이 있다. 이렇게 뚜렷한 특징이 있는 녀석은 '네가 또 왔구나!' 하고 바로 알아볼 수 있다.

며칠 동안 어치들을 구분하느라 영상의 스크린샷을 눈이 빠져라 노려봤다. 다들 비슷비슷해서 정말 머리가 아팠다. 아니, 눈이 아팠다. 하지만 드디어 어치를 구분할 수 있는 세 가지 포인트를 찾아냈다!

접힌 상태의 날개깃에서 푸른색 줄무늬가 있는 날개덮깃의 끝부분이 그 포인트이다. 날개덮깃의 무늬 패턴이 끝나는 부분이 어치마다 모두 달랐다. 그래서 '첫째날개덮깃'과 '작은날개깃' 끝부분의 무늬가 각각 구분 포인트가 된다. 또 다른 포인트는 '둘째날개깃'의 검은색과 흰색이 만나는 부분의 무늬이다. 이렇게 3가지 포인트로 어치들을 구분한다. 혹시 한 포인트가 비슷해도 3곳이 모두 똑같은 어치는 없었다. 그리고 날개는 좌우 2개. 오른쪽 날개와 왼쪽 날개의 무늬가 또 다르기 때문에 이제 새로운 어치가 날아와도 거의 완벽하게 구분할 수 있다.

우와! 정말 스스로를 칭찬하고 싶다(이게 뭐라고 이런 큰 성취감을 느낀단 말인가).

그런데 찜찜한 점은 새들이 털갈이, 깃갈이를 한다는 것이다. 깃갈이를 해도 그 특징들이 그대로 남으리라는 보장은 없다. 그렇담 지금 구분한들 무슨 소용인가! 잠시 비관적인 생각이 들지만…… 그래도 일단 오늘은 어치를 구분할 수 있으니, 기분이 좋다.

3월 11일

한 참새 녀석이 똥 싸는 장면이 영상에 찍혔다. 먹이를 찾느라 움직이다가 아주 자연스럽게 엉덩이를 카메라 쪽으로 돌리더니 툭 똥을 떨어뜨렸다. 새똥을 보는 게 처음은 아니다. 자동차 보닛 위에 떨어진 비둘기 똥이나 나무둥치에 떨어진 백로나 오리의 똥은 봤다. 직박구리, 까치의 똥도 봤다. 그러니까 하얀색 액체가 주르르 퍼져있거나 흰색 페인트 방울이 떨어진 것처럼 보이는 형태, 어두운색의 진똥, 흰색과 어두운색이 진창이 돼서 쌓여있는 그런 똥은 많이 봤다. 하지만 가장 흔한 새인 참새의 똥은 창틀에서 새 스토킹을 하며 처음 봤다. 참새 똥은 치즈스틱 모양의 작고 흰 똥이다. 엉덩이에서 톡 치즈스틱이 떨어진다! 말랑 똥, 으아~ 생각보다 귀엽다.

3월 13일

어제 찍은 영상에 오른쪽 다리와 배에 피가 묻은 참새가 보였다. 창틀에 곧잘 올라서고 해바라기씨도 잘 먹는 걸 보면 심각한 상처는 아닌듯한데, 그래도 신경이 쓰였다. 피 아닌가, 그 작은 몸집에 흘릴 피가 어디 있다고(아주 하찮고 적다는 뜻으로 '새 발의 피'라는 말을 쓰지만 새의 입장에서는 서운한 말이다). 혹시 오늘도 왔을지 영상을 유심히 봤는데 피 묻은 녀석은 보이지 않았다.

핸드폰으로 영상을 찍으며 일명 '창틀 스토킹'을 하면서 참새의 발이 다른 새에 비해 유난히 약하다는 걸 알게 됐다. 창틀의 쑥 들어간 홈 부분에 해바라기씨를 뿌려놓는데, 이게 바깥쪽에서는 잘 보이지 않는다. 튀어나온 벽돌에 먼저 착지한 후 다시 한번 창틀로 점프해야 하는 구조이다. 박새, 곤줄박이는 곧잘 창틀로 점프해 해바라기씨를 물고 간다. 참새보다 작은 쇠박새들도 문제없다. 그러나 참새들은 이게 쉽지 않다. 창틀까지 올라오는 녀석도 있지만 어떤 녀석들은 벽돌에 앉아 기웃대기만 한다. 딱딱하고 미끄러운 철 재질의 창틀에 점프하자니 아무래도 작은 발로는 무리인가 보다.

벽돌 면은 튀어나와 있어서 새들이 착지하기 쉽지만, 대신에 좁고 비스듬히 경사가 있어 모이를 올려두면 밑으로 굴러떨어지기 일쑤다. 또 금세 지저분해지니까 나는 주로 창틀에 모이를 두었다. '창틀까지 오는 녀석들만 먹으면 됐지, 게다가 새가 너무 많이 오는 것도 좀 그래'라는 게 내 생각이었다. 하지만 남편은 창틀에 오르지 못하는 참새들이 불쌍하다고 했다. 벽돌 위에도 조금 두자고. 물론 내 마음도 마냥 편한 건 아니었다. 창틀 위로 올라오려고 버둥거리거나 창틀을 향해 목을 쭉 빼고 입맛만 다시다가 그냥 날아가 버리는 참새 녀석들의 모습이 짠했기 때문이다. 맨입으로 돌아가는 참새 마음은 또 얼마나 허전했을지.

'에구, 이 모질이 참새들아~.'

이제부터는 벽돌 위에도 해바라기씨를 몇 알씩 놓아주기로 했다.

보여?

씨끼

응, 있어 있어!

그럼 떨어질 때까지 기다리자.

헤헤

3월 14일

오늘은 비가 제법 내렸다. 새들이 촬영된 영상에는 2시간 15분 내내 빗소리가 들렸다. 빗소리를 들으며 새들이 오가는 모습을 멍하니 보고 있으니, 마음이 차분하고 느긋해졌다. 이것이 '새멍'인가.

새들은 머리를 세숫대야에 담갔다 뺀 것처럼 다들 이마가 폭 젖어있었다. 어떻게 비를 피하는지 궁금했는데, 그냥 이렇게 비 맞고 다니기도 하는가 보다. 초등학교 시절, 하굣길에 비는 오고 우산이 없으면 어쩔 수 없이 비를 맞으며 집까지 뛰어갔던 것처럼.

새 여러 마리가 비를 뚫고 해바라기씨를 구하러 왔지만, 어치는 보이지 않았다. 어치를 알아보는 데 부쩍 재미가 들려 녀석들이 오기만을 기다리고 있는데 말이다. 그동안 구분한 어치들에게 이름까지 붙이며 한껏 마음이 부풀었다가, 요 며칠은 보이질 않아 마음이 좀 누그러지는 중이다.

어짱, 어돌, 어잘, 어선, 어끝, 어연, 어리, 어삼, 어중, 어쭈, 어블. 이렇게 열한 마리의 어치에게 이름을 붙였다. 그러고 보니 우리 집에 찾아오는 어치는 생각보다 훨씬 많다. 고작 해바라기씨 조금 놓아둘 뿐인데, 불편하고 좁은 공간인데, 이리도 많은 어치가 우리 집 창틀을 알고 있다니! 놀랍다. 어치들

사이에 그새 소문이 파다하게 퍼진 걸까? 그동안 집 근처에서 어치들이 꽉꽉대며 떠드는 소리가 많이 들렸다. 혹시 그중에 '저 붉은 벽돌집 창틀에 해바라기씨 맛집이 있어, 너도 가봐'라는 말도 섞여 있었을까. 창틀 먹이터를 사소하고 대단치 않게 보는 건 나뿐인지도 모르겠다.

'덕질'까지는 아니지만, 나는 가끔 뭔가를 파고드는 성향이 있다. 개천에 날아드는 새가 어떤 새인지 궁금해서 하나씩 찾아보다가 새를 좋아하게 되어버렸다. 지난가을, 매미가 탈피하고 남겨둔 껍질이 나무에 매달려 있는 것을 우연히 본 뒤로 오며 가며 계속 확인하고 있다. 구겨진 얇은 종잇장 같은 매미 껍질이 도대체 언제까지 바람에 날아가지 않고 버틸지 궁금하다. 생명의 기운이 사라진 껍질에 마음이 가는 건 왜일까.

그리고 지금은 새들을 구분하는 데 흠뻑 빠져있다. 어치들을 구분하느라 몸이 축날 지경이지만, 기쁨과 설렘이 점점 커진다. 물론 한쪽에서는 '이게 뭐 하는 짓인가' 싶지만.

3월 18일

참새 '모질이'들을 위해 해바라기씨를 벽돌에도 놓아뒀더니 다른 새들도 좋아하는 것 같다. 아무래도 창틀에 올라서는 것보다 힘이 덜 들고, 금방 먹을 수 있으니 편하겠지(이런 건 사람이나 새나 똑같다). 하지만 많이 놓지는 못한다. 왠지 집주인 눈치가 보인다. 창틀 먹이터에 대해 집주인과 이야기를 나눠본 적은 없지만, 건물이 지저분해지는 일은 하지 말라고 할 것 같다. 집주인은 같은 건물에 사는데 한번은 강아지와 관련해서 부탁받은 적이 있다. 만약 집을 내놓게 되어 이사 올 사람이 집을 보러 오면 강아지를 잠시 다른 곳에 맡겨두거나 보이지 않게 해달라는 요청이었다. 집 보러 온 사람이 싫어할지도 모른다고.

혼자 속으로 집주인 핑계를 대면서, 나는 웬만하면 새들이 조금만 와주면 좋겠다고 생각했다. 반면 남편은 "새들도 먹고 살아야지!" 하며 배짱 좋게 말한다.

"주인이 왜 뭐라고 하겠어? 그냥 집 근처 사는 새들이 잠깐 들렀다 가는 것뿐인데."

그래도 누군가와 갈등하는 게 싫은 '새가슴과'인 나는 여간 신경 쓰이는 게 아니다. 아마 내일도 해바라기씨를 손에 쥐고 몇 알 더 놓을까, 말까 갈등할 테지.

3월 20일

'세계 참새의 날'이 있다는 걸 뒤늦게 알았다. 2009년에 인도의 환경단체(NFS)가 지정했다고 한다. 참새가 지금은 흔하지만, 사라지기 전에 보호하자는 취지이다. 참새는 주로 인간 곁에서 서식한다. 그렇다면 참새가 없는 곳엔 인간도 살 수 없지 않을까. 오늘이 바로 참새의 날이다. 어떻게 보면, 생일 같은 날인 셈인데 모이를 좀더 줄걸 그랬나. 참새의 '참'은 무슨 의미일까? 참, 거짓 할 때 참인가.

3월 21일

어제는 SNS로 알게 된 탐조인들과 같이 탄천 길을 걸으며 새를 봤다. 탄천은 용인에서 시작해 서울을 거쳐 한강으로 흘러간다. 길이가 35km에 이르는 꽤 긴 하천이다. 가마우지, 물닭, 청둥오리, 쇠오리, 흰뺨검둥오리 등 많은 종류의 새가 이곳에 살고 있었다. 이들을 노리는 말똥가리 같은 맹금류도 나무숲 어딘가에 앉아있었을 것이다. 간간이 너구리 출몰에 주의하라는 현수막도 보였다. 우리에게는 한가로운 산책길이지만 동물들에겐 치열한 생존경쟁이 벌어지는 곳이리라.

성격유형검사(MBTI)에서 '극내향형'으로 나올 만큼 나는 낯선 사람과 어울리는 것을 그다지 좋아하지 않는 편이다. 당연한 듯 오랫동안 혼자서만 새를 봤다. 그런데 온라인에서 만난 사람들과 '탐조 커뮤니티 활동'이라니. 첫 책《내가 새를 만나는 법》을 쓰지 않았다면 불가능했을 일이다. 여러 사람과 함께 '버드와칭(Bird-watching)'에 나선 건 이번이 여섯 번째였다. 새를 볼 때 여럿이 함께하면 좋은 점이 있다. 아무래도 보는 눈이 여러 개니까 새를 빨리 발견할 수 있고, 많은 정보도 나눌 수 있다. 어제는 무엇보다 '함께 같은 걸 하는' 즐거움이 컸다.

어제 오랜만에 바깥바람 맞으며 오래 걸었더니 오늘은 너무 피곤했다. 얼마나 저질 체력인지 몸은 솔직하게 신호를 보내왔다. 그림 작업은 조금만 하고, 쉴 겸 놀 겸 오전에 찍은 2시간 40분 분량의 창틀 영상을 열어보았다.

꽥꽥거리면서 등장하는 어치, 다른 새가 오면 냅다 성질 부리는 동고비가 보였다. 참새, 박새, 곤줄박이, 쇠박새, 직박구리도 여느 때처럼 다녀갔다. 깃털이 낡은(?) 쇠박새가 몇 번 들른 것 말고는 별다른 일이 없었다. 아참, 왼쪽 눈 밑으로 검은 점이 있는, 처음 보는 쇠박새가 있어서 따로 캡처해 사진으로 저장했다.

전에 본, 꽁지깃이 많이 휜 박새는 더 이상 보이지 않았다. 꽁지가 반듯해져서 내가 못 알아보거나, 더 이상 오지 않거나 둘 중 하나겠지. 그런데 그 녀석 말고 꽁지가 휜 박새가 또 있었다. 암컷과 수컷 각 한 마리씩이다. 전에 본 녀석만큼 많이 휘지는 않아서 그냥 지켜보기만 했다. 그렇게 박새의 꽁지를 유심히 살피다가 한 녀석의 꽁지 끝에서 흰 점을 발견했다.

'오, 혹시 이걸로 다른 박새들과 구분할 수 있으려나?'

얼른 도감을 펼쳤다. 그림을 보니 박새의 바깥쪽 깃 끝은 원래 흰색인 듯하다. 좋다 말았네. 그나마 위안이라면 내가 아는 박새가 한 마리 있다는 것이다. 날개에 점(정확히 점은 아니지만)이 있는 박새 한 마리가 우리 집에 계속 찾아온다. 적어도 이 녀석은 알아볼 수 있으니 다행이다. 오늘 처음으로 발견한, 눈 밑에 점 있는 쇠박새도 계속 와주면 좋겠다.

탄천 탐조 목록: 25종
박새, 쇠박새, 참새, 딱새, 노랑턱멧새, 방울새, 되새, 제비, 비둘기, 멧비둘기, 청딱따구리, 황조롱이, 꿩, 흰목물떼새, 노랑할미새, 알락할미새, 삑삑도요, 논병아리, 물닭, 쇠오리, 흰뺨검둥오리, 청둥오리, 민물가마우지, 쇠백로, 중대백로.

창틀 영상이 재생되지 못한 채 쌓이고 있다. 그동안 영상을 확인하면 소장할 부분만 잘라 폴더별로 저장해 왔다. 생각보다 체력과 시간이 많이 드는 작업이었다. 내 저질 체력은 매일 충전과 방전을 반복하며 점점 효율이 낮아지고 있다. 영상을 모두 삭제해 버리고 싶은 마음과 그래도 이왕 찍은 거 소장할 부분은 남겨놓자, 하는 마음이 계속 전쟁 중이다.

이미 유튜브에는 새들에 관한 영상이 수두룩하다. 내가 찍은 영상이 특별하지도 않다. 흔하게 볼 수 있는, 그저 몇몇 새가 창틀에 와서 해바라기씨를 콕 물고 가거나 먹고 가는, 매일 비슷한 장면이 반복될 뿐이다. 문제는 그 장면이 내 눈엔 모두 새롭고 예쁘고 희한하고 신비하다는 점이다.

야금야금 먹다가 부스러기가 묻은 부리, 해바라기씨를 꼭 잡은 발가락, 어떤 걸 먹을까 고르느라 갸웃대는 고개. 매일 보면서도 마치 처음 본 것처럼 새의 일상이 특별하게 여겨진다. 다른 새 눈치를 보고 경계하며 성질내는 모습에서 그들 사이의 관계와 저마다의 성격도 드러난다. 눈과 비, 바람에 개의치 않고 찾아오는 성실한 집착, 깃털 위로 드러나는 심장의 팔딱거림은 어떤 숙연함과 경이로움마저 들게 한다. 야생의 새들이 내 공간을 이용한다는 묘한 느낌에 취해 비슷비슷한 자잘한 장면이라도 다시 없을 순간의 기록인 것처럼 저장을 누르곤 한다. 영상을 고르고 자르고 편집하는 일에 솔직히 많이 지쳤다. 왜 시작했나, 피곤하다. 어떻게든 되겠지, 하는 마음으로 '내일의 나'가 알아서 해줄 거라 믿어볼 수밖에.

3월 25일

휴~ 고되다
일단 배 좀 채우고…

오늘따라 한 동고비 녀석의 부리가 지저분했다. 자세히 보니 흙이 부리에 말라붙어 있었다.

'진흙? 혹시 둥지?'

갑자기 두 눈의 동공과 코 평수가 넓어졌다. 우리 집 창틀은 새들이 간식 먹으러 들르는 휴게소 정도라고 생각했다. 그런데 진흙을 묻히고 온 동고비를 보자, 뭔가 창틀의 해바라기씨는 간식 이상의 의미가 있는 건 아닐까 싶었다. 요 며칠 피곤해서 엊그제 찍은 영상은 확인도 못 하고 있었는데, 동고비가 나를 채찍질해 주는구나. 얼른 엊그제 영상을 돌려봤다. 채 마르지 않은 진흙 뭉치를 부리에 묻히고 온 동고비를 발견했다.

'세상에, 둥지를 짓다가 우리 집까지 밥 먹으러 오다니!'

뭉클했다. 동고비의 삶에 내가 어떤 실질적인 도움이 되고 있다는 느낌이 들었다. 그동안은 굳이 우리 집 창틀이 아니어도 바로 옆 숲에 새들 먹이가 지천으로 많다고 생각했다. 그래서 새들에게 해바라기씨를 주는 건 자기만족일 뿐, 새들에게는 큰 의미가 없겠지, 싶었다. 하지만 그게 아니었다! 창틀에 놓인 몇 알의 해바라기씨가 어떤 새들에게는 생존할 힘이 되어줄 수도 있다. 갑자기 마음이 뜨거워졌다.

부리에 진흙이 묻은 것 말고도 동고비에게 특이한 점이 보였다. 두 마리가 찍찍거리며 함께 등장했는데 수컷으로 보이는 동고비가 날개를 슬쩍 들어 과시하거나 거들먹거리는 듯한 모습이었다. 부부일까? 일단 진흙을 묻히고 온 건 암컷이다. 동고비는 암컷 혼자 집을 짓고 수컷은 주변을 경계하니까. 이렇게 암수 구분이 된 것만도 신기하다. 동고비의 개체를 구분할 특징을 잡지 못해 망설였는데, 지금이라도 정리해야겠다.

3월 28일
"휘- 호- 휘- 호-."
며칠 전부터 익숙한 휘파람 소리가 들린다. '귀신새'라는 별명을 가진 여름 철새 호랑지빠귀 소리다. 새소리를 구분하는 건 꽤 어려운 일이지만, 호랑지빠귀의 특이한 소리는 확실히 알고 있다.

이 집으로 이사 오고 처음 맞는 여름이었다. 자전거 브레이크를 세게 잡을 때 나는 쇳소리가 저녁마다 들려 한동안 굉장히 신경이 쓰였다. 그때는 그게 새소리일 줄은 전혀 몰랐다. 나중에 귀신새라는 태그가 붙은 영상을 우연히 봤는데, 내 신경을 긁던 바로 그 소리가 들렸다. 나도 뭐에 홀린 듯한 느낌을 받았으니 '귀신새'라는 별명이 딱 어울렸다.

벌써 귀신 소리가 들리는 계절이 온 것인가. 아직 찬 기운에 옷을 여러 겹 입어야 하건만, 여름새의 소리를 들으니, 마음이 들뜬다.

3월 30일

며칠 전 부리에 흙이 묻은 채 창틀에 왔던 동고비 암컷에게 '동주'라는 이름을 붙여줬다. 부부로 보이는 수컷의 이름은 '동선'이다. 오늘 영상에서 동주가 해바라기씨를 먹다가 동선이 온 걸 보더니 찌지직거리며 깜짝 놀라 비켜서는 모습이 보였다. 동선이가 먹고 날아간 뒤에야 동주가 슬그머

휘—호—

조금
일찍 왔나?

니 나타나 다시 모이를 먹었다. 뭐지? 부부라면 이렇게 놀라지 않을 텐데, 내 예상이 틀렸나?

이상한 분위기는 어치들에게서도 느껴졌다. '어선'이가 멀리서부터 꽥꽥거리며 등장해서는 창틀로 올라와 해바라기씨를 먹었다. 옆에 '어점'이가 먼저 와서 먹고 있는데도! 그동안 어치들은 보통 혼자 왔고, 중간에 다른 어치가 오면 쫓아내거나 아예 자기가 자리를 떠나버리곤 했다. 옆자리를 허락한다는 건 아무래도 보통 사이가 아니라는 건데, 그렇다면…… 커플 하기로 한 건가?

또 어선이의 행동이 평상시와 달라 보였다. 평소보다 더 시끄럽고 길고 요란하게 울었다. '꽤애애 꽤애애~' 소리와 함께 날개를 떠는 듯한 행동을 했다.

이거 바람난 증상 아닌가? 봄바람.

짹짹

새들은 인간보다 순정파일까? 전 세계에 분포하는 1만여 종에 이르는 새 가운데 90%가 일부일처제이다. 짝짓기의 목적은 자손을 남기는 데 있다. 부화에만 보름 이상 걸리고, 무사히 알을 깨고 나와도 천적 등 온갖 위험을 이겨내야 한다. 새끼에게 먹이를 물어다 나르는 횟수는 하루 2백여 회. 이런 혹독한 양육 환경에서 수컷이 한눈을 팔았다간 유전자를 남길 수 없다.

부리에 진흙 묻은 동고비가 또 보였다. 진흙을 처음 묻히고 온 동주는 옆구리 갈색 털이 거의 어깨까지 올라오는데, 이 녀석은 옅은 갈색 털이 배까지만 있다. 이 녀석의 이름은 '동미'라고 지었다. 동주와 동미는 모두 집 짓기 담당인 암컷이다. 그런데 동미가 진흙을 묻히고 온 모습은 동주와 사뭇 달랐다. 부리는 물론 이마와 정수리, 등까지 온통 진흙투성이였다. 동고비는 딱따구리 둥지를 제 몸집에 맞도록 고쳐 쓴다. 둥지 입구에 진흙을 발라 구멍의 크기를 줄이는 것이다. 머드 축제라도 다녀온 듯한 동미의 모양새를 보니 꽤 몸을 써야 하는 고된 일인가 보다.

동미의 신랑은 누구일까? 물론 단순히 생각하면 간단하다. 우리 집에 오는 동고비는 모두 네 마리이고, 동주와 동선이가 부부라면 동미의 신랑은 당연히 동백(오른쪽 '첫째날개덮깃'이 흰색인 동고비 수컷)이다. 영상을 보면 동미와 동백은 나란히 드나들었고, 서로 성질부리거나 쫓아내지 않았다. 이 정도면 사랑의 작대기는 완성된 것 같은데, 부부 사이라기엔 어딘가 다정하지 않은 것도 같고, 좀 미심쩍었다.

그동안 나의 탐조 활동은 단순했다.

"와! 박새다."

"오! 딱따구리다."

"참새, 귀엽네."

그냥 새를 눈으로 '본' 게 전부였다. 저절로 알게 된 상식과 몇 권의 책, 인터넷에서 얻은 얕은 지식으로도 만족했다. 하지만 창틀 스토킹을 해보니 새들의 생태에 관해 잘 모르는 게 아쉽기만 했다. 새들이 서로 특별한 사이인 건 어떻게 알 수 있을까? 나란히 모이를 먹으면 특별한 걸까?

나는 비록 프리랜서 겸 백수지만, 집안일도 해야 하고, 단행본 그림 작업, 유튜브 '뻘짓', 그림 전시 준비 등 휴일도 없이 사부작거리는 신세다. 그래서 창틀 스토킹은 가끔만 할까, 고민이었다. 그런데 둥지 짓고 번식을 준비하는 동고비 암컷이 두 마리나 와버리면 어쩌라는 것인가! 내 마음에 어떤 불씨가 타오르는 듯했다.

창틀에 다녀간 새들에 대해 좀더 알아야 할, 어떤 책임감이 생겼다.

새들의 안부가 궁금해졌다.

4월

새대가리?
너희는 이미 생각이 다 있구나

4월 1일

지난 2월 초, 한 대학에서 진행하는 인공 둥지 모니터링 프로그램에 참여 신청을 했다. 나무로 된 새집을 일정 장소에 설치하고, 주기적으로 관찰한 내용을 앱과 인터넷 모니터링 카페(이하 카페)에 올리는, 비교적 간단한(?) 일이었다. 멀리 가지 않고 전문 지식 없이도 할 수 있는 일이라 용기를 냈다. 조금은 새들을 돕고 싶은 마음도 있었다.

2월 말에 새집을 받아 와 집 근처 한적한 곳에 있는 나무에 매달아 두었다. 한 달이 지나자, 카페에는 다른 참가자가 쓴 글이 하나둘 올라왔다. 새집 안에 나뭇가지, 풀 등 새들의 이삿짐이 쌓이고 있다고 했다. 하지만 내가 매달아 둔 둥지에는 아무런 흔적이 없었다. 실망스러운 나날이 계속되었다. 둥지를 설치한 장소가 영 마음에 안 드는 걸까?

그러다 드디어 오늘, 나의 인공 둥지에도 초록색 이끼 부스러기가 보였다! 어떤 새인지는 모른다. 하지만 분명 이끼를 뜯어와 둥지 바닥을 채우는 기초 작업을 시작한 듯했다. 다른 사람들이 기쁘다고 난리(?) 치며 올린 게시글을 볼 때는 '과연 저렇게 호들갑을 떨 일인가?' 했다. '축하한다'고 답글은 달았지만, 영혼 없는 멘트였을 뿐인데, 이제야 어떤 심정인지 알 것 같았다. 이끼 몇 오라기에 심장이 뛰고 얼굴에 저절로 미소가 떠오른다.

4월 3일

동네 이웃의 SNS에서 우연히 새 사진을 보았다. 동고비 사진이었다. 그런데…… 동백이잖아! 오른쪽 첫째날개덮깃만 흰색인 동고비가 흔하진 않으니까. 댓글로 이 녀석을 어디서 봤냐고 물었다. 우리 집 근처 산 입구에서 봤다고 했다. 그렇다면 동백이가 확실하다! 내가 아는 동고비, 내가 이름을 붙인 동고비를 SNS에서 보다니. 동백이의 사생활이 파파라치에게 찍혀 공개된 듯한 느낌이었다. 우리 집 창틀을 뒤져 해바라기씨를 먹고 가는 평범한 새라고만 여겼는데, 사진 속 동백이는 달랐다. 나무 사이를 누비며 야생에서 살아가는 당당한 동고비의 모습이었다. 동백이의 낯선 모습을 보자 마치 집에서의 모습과 외출했을 때의 모습이 사뭇 다른 내 모습을 보는 것 같아 웃음도 나고 신기하고 참 묘했다.

4월 4일

엊그제 꽁지깃이 아예 없는 쇠박새가 나타났다. 안 그래도 조그만 녀석이 꽁지까지 없으니 너무 작다. 먹는 모습이 자연스러운 걸 보면 창틀 먹이터 단골인 듯한데, 어쩌다 꽁지가 저리되었을까. 고양이의 습격을 받았나? 병 때문에? 아니면 털갈이? 알기로는 번식이 끝난 뒤에나 털갈이하고, 보통은 몇 개씩 번갈아 빠지며 새로 난다고 들었다. 게다가 지금은 봄이다. 구혼하고 번식해야 하는 중요한 시기에 '모양 빠지게' 털갈이했을 리는 없다. 꽁지깃이 없는 이 녀석에게 '꽁지'라고 이름을 붙였다.

'꽁지야, 꽁지는 대체 어디서 잃어버렸니?'

집 짓느라 바쁜 동미는 어제도 부리에 진흙을 잔뜩 묻힌 채 모이를

바지 안 입은 느낌이랄까요…

먹으러 왔다. 그에 비해 동주는 마른 진흙이 부리에 좀 묻은 것 빼곤 말끔했다. 동주는 둥지를 거의 다 완성했고, 동미는 한창 만드는 중이라 그런 걸까? 아니면 동주가 둥지 만들기에 더 능숙한 걸까? 창틀 먹이터를 촬영한 영상을 보고 있으면, 새들의 사생활이 점점 더 궁금해진다.

4월 7일

동미는 여전히 머리와 등까지 꼬질꼬질했다. 오늘은 동백이와 함께 왔다. 역시 커플이 맞았다. 그런데 동백이의 입 주변이 좀 이상했다. 왼쪽 부리 옆이 분홍색으로 볼록 튀어나왔다. 단순한 염증 같은 건가? 어쩌면 집 짓기 경계를 서다가 원래 집주인인 딱따구리나 혹은 다른 새들과 싸움을 벌이다 생긴 상처인지도 모른다. 다행히 별로 아파하는 기색 없이 모이는 잘 먹었다. 어라? 가만 보니, 동미의 부리도 짧아진 듯했다. 부리가 닳는다는 생각은 해보지 않아 착각인가 싶어서 창틀 촬영 초기 영상과 비교해 봤다. 미세하지만 부리가 뭉툭해져 있었다. 오래전 읽었던 김성호 선생님의 《동고비와 함께한 80일》을 다시 꺼내 읽어보았다. 책에는 동고비 암컷이 둥지를 짓는 동안 진흙을 다지는 과정에서 부리가 닳는다고 쓰여 있었다. 얼마나 열심히 진흙을 다졌으면 딱딱한 부리가 닳는 걸까. 야생에 사는 새들에게도 내 집 마련은 쉽지 않은가 보다. 마음이 짠하다.

동고비는 둥지 입구에 와서도 아무렇게나 진흙을 붙이는 일은 거의 없습니다. 둥지의 입구를 잘 살펴보면 아래쪽 중앙에 작은 홈이 있는데, 그곳에 대고 진흙을 굴려 점도를 조절한 뒤에 붙입니다. 진흙은 하루에 50번 정도 가져옵니다.
진흙을 나르는 동고비가 진흙에 보이는 애정은 눈물겹습니다. 가끔 둥지 입구까지 잘 가지고 온 진흙을 실수로 떨어뜨릴 때가 있습니다. 그럴 때마다 자유낙하하는 진흙을 쏜살같이 뒤따라가 땅에 닿기 전에 곡예를 하듯 공중에서 낚아챕니다. 만약 공중에서 잡지 못하고 놓쳐 땅에 떨어지면 덤불 사이를 헤쳐서라도 끝내 찾아 다시 둥지로 가지고 옵니다. 하지만 그토록 애지중지하는 진흙도 그냥 툭 버릴 때가 있습니다. 내 눈에는 온전해 보이는데도 말입니다. 아무리 애써 가져왔어도 둥지를 짓는 용도에 맞지 않는 진흙이라면 미련 없이 버릴 줄도 압니다. (《동고비와 함께한 80일》, 김성호, 지성사)

4월 10일

산책하다 보면 이끼를 뜯고 있는 박새가 종종 보인다. 나의 인공 둥지에 이끼가 제법 쌓였다. 어쩌면 내가 걸어둔 새집의 주인은 박새일지도 모르겠다. 박새는 이끼를 수북하게 쌓은 다음 온갖 털을 모아 놓는다. 털을 제 몸 크기에 맞게 둥그렇고 오목하게 만드는 걸 '알자리를 만든다'라고 한다. 새끼가 알을 깨고 나오면 체온을 유지할 수 있도록 따뜻하고 포근한 털을 이용하는 것이다. 꼭 동물 털이 아니더라도 털실처럼 푹신한 것이면 물어다 쓴다. 어제 우리 집 창틀에 온 박새도 털을 한 오라기 달고 왔다. 이런 사정을 몰랐다면 어디를 쏘다니다 털을 달고 왔나 했을 텐데, 지금은 털 한 오라기도 예사로 보이지 않는다.

'훗, 알자리를 마련한 모양이군.'

4월 12일

아침에 그림 작업을 하는데 '곽곽'거리는 어치 소리에 섞여 귀여운 소리가 들려왔다.

"꿔잇꿔잇 꿔꿔……."

물까치 소리였다. 반가움도 잠시, 작년에 본 새끼 물까치들의 주검이 번뜩 떠올랐다. '이 녀석들이 또!' 하고 나가보았더니 물까치는 역시나 1층 에어컨 실외기 근처를 기웃대고 있었다.

지난해 6월이었다. 산책을 마치고 집으로 돌아오다 에어컨 실외기 쪽에서 물까치 둥지를 발견했다. 날지도 못하는 새끼 물까치들이 둥지에서 나오려고 버둥거리고 있었다. 그날은 마침 물까치가 이소(새의 새끼가 자라 둥지에서 떠나는 일)를 시작하는 날이었던 모양이다. 어두워지자, 물까치 부모는 사라지고 담장 밑에 새끼들만 남아 웅크리고 있었다. 깜깜한 밤에 새끼들만 두고 부모가 가버리자, 나는 좀 불안했다. 그곳은 고양이들도 수시로 드나드는 곳이니까.

다음 날 이른 아침부터 물까치가 울어댔다. 새끼 물까치들을 걱정하면서 밖으로 나가보니 부모는 새끼들에게 먹이를 물어다 준 뒤 산 쪽으로 오라는 듯 쉴 새 없이 소리를 내고 있었다. 오전에 한 마리가 간신히 담장을 넘어 위험천만한 차도를 걸어서(!) 산으로 갔다. 이소 성공이었다. 부모는 남은 새끼들에게도 열심히 먹이를 주고 소리를 쳤다. 나도 마음속으로 새끼 물까치들을 응원했다. 그러나 날은 덥고 새끼들은 꽤 지쳐 보였다. 그러다 결국 밤이 되었다. 남은 새끼들은 또 부모의 보살핌 없이 담장 밑에서 밤을 보내야 했다.

　새벽이 왔다. 이슬비가 계속 내렸다. 비 오는 게 마음에 걸려 밖으로 나가 보니, 부모 새들이 새끼 물까치 한 마리에게 먹이를 주며 응원하고 있었다. 그러나 불안했던 마음은 현실이 되었다. 나무 테이블 밑으로 어린 물까치 세 마리가 죽어있었다. 어제 이소에 성공한 한 마리, 지금 살아있는 한 마리까지 물까치 새끼는 모두 다섯 마리였다. 아니, 어쩌면 보이지 않는 곳에 새끼들이 더 있었을지도 모르겠다.

　집에 들어와 헌 옷과 장갑, 상자를 챙겨 마당으로 들어가 살아있는 새끼를 어제 첫째가 건너갔던 자리로 옮겨주었다. 어디선가 지켜보고 있었는지, 부모 새가 날아와 새끼를 챙기기 시작했다. 그 모습을 얼마간 지켜본 후, 죽은 새끼들을 소나무 밑에 묻어주었다. 처참한 마음이었다.

　내가 새끼들을 미리 도와줬다면 살 수 있지 않았을까? 물까치는 처음부터 건넛산에 둥지를 틀 것이지, 도대체 왜 에어컨 실외기를 선택한 걸까. 새끼들이 잘 날지 못하는데 이소를 시작한 이유는 뭘까. 나는 큰 충격을 받았고, 지금도 그날의 기억이 아픔으로 남아있다.

　아침에 물까치를 보고 작년의 기억이 떠올라 계속 심란했다. 저녁을 먹은 뒤에도 기분이 축 처진 채로 오후에 촬영

한 영상을 확인했다. 매일 오던 꽁지가 안 보이는 것을 빼면 창틀 먹이터 풍경은 평상시와 비슷했다. 그런데 영상 후반쯤, 그러니까 오후 늦게 나타난 동백이의 모습이 이상했다. 괜찮은 줄 알았던 염증 부위가 붉어졌고, 앞 얼굴이 전체적으로 부은 듯했다. 눈 사이의 털은 물기가 묻은 듯 털이 뭉쳐 있었다. 더 걱정스러운 건 해바라기씨를 전혀 부수지 못했다는 점이다. 평소 동백이는 벽돌 틈에 해바라기씨를 놓고 부리로 쪼아 먹는다. 그런데 오늘은 통증이 있는지 몇 개 쪼다가 말고 땅콩 조각 하나를 물고 날아갔다.

안 그래도 심란한데 동백이의 아픈 모습을 보니 온통 신경이 쓰였다. 어떡하나. 막상 내가 할 수 있는 일이 없음을 알면서도 고민스러웠다. 혹시나 하고 땅콩과 해바라기씨를 잘게 부숴 작은 통에 담아 창틀에 내놨다.

벚꽃이 만개한 벚나무 가지에 새들이 풀썩 앉으면 꽃비가 내린다. 봄은 아름답지만 긴장되는 계절이다.

4월 13일

아침에 일어나니 비가 내리고 있었다. 어제 해바라기씨를 못 먹던 동백이가 걱정이 됐다. 비 오는 게 동백이한테 좋을까 나쁠까. 평소처럼 핸드폰을 촬영 모드로 하고 창틀에 놓아뒀다. 동백이가 와서 먹는 모습이 찍히면 좋겠다고 생각하며 그림을 그렸다.

사랑하는 반려견 비단이가 떠나고, 물까치 새끼들의 죽음까지 봐서일까. 왠지 자꾸 불안한 마음만 든다. 그러다 문득 내가 야생에 사는 동물들을 너무 약하게 보는 건 아닐까 하는 생각이 들었다. 이 정도는 극복할 수 있을지 모르는데 말이다.

동백이는 비가 그친 오후에 나타났다. 평소처럼 해바라기씨를 벽돌 틈에 놓고 쪼다가 쪼개지지 않으니 그냥 삼키고, 창틀에 놓은 임시 먹이통에 다가갔다. 잘게 부순 해바라기씨와 땅콩을 한 입 먹고는 '먹을 만한데?' 하는 표정을 지으며 몇 번 더 집어 먹고 돌아갔다.

'눈물 나네. 자식, 좀더 많이 먹고 가지.'

4월 16일

동백이의 상태가 좀 나아졌다. 무엇보다 부리로 해바라기씨를 깨 먹을 수 있게 되었다. 이제야 마음이 놓인다. 동백이 먹으라고 놓아둔 땅콩과 해바라기씨 가루는 엉뚱하게도 까치와 어치가 다 먹고 있다.

며칠 전 어동이와 어생이가 창틀에 함께 왔었다. 어치들을 구분할 수 있으니 아는 새가 오면 더 반갑다. 잠시 뒤 어동이 혼자 나뭇가지를 물고 창틀에 또 들렀다. 둥지를 만드느라 나뭇가지를 물고 다닌다고 단순하게 생각해 보면, 어동이와 어생이는 부부가 아닐까?

엊그제 아침, 이파리 몇 개 달린 얇은 Y자형 나뭇가지가 창틀에 놓여있었다.

'어동이 짓이겠지?'

혹시나 다시 가지러 올까 싶어, 그냥 놔뒀다. 그런데 점심때까지 그대로 있길래…… 내가 가져와 버렸다. 어치가 고른 나뭇가지라고 생각하니 탐이 났기 때문이다. 쪼그라들고 시든 잎이 달린 나뭇가지였지만 왠지 특별해 보였다.

그런데 오늘, 또 창틀에 나뭇가지가 놓여있었다. 이번엔 지난번보다 조금 더 굵다. 왜 자꾸 놓고 가는 거지? 창틀에 둥지를 지을 것도 아니고. 미안하지만, 어떤 단어가 자꾸 떠올랐다. '새대가리'. 식사에 정신이 팔려 놓고 간 줄도 모르나 보다. 일단 이 나뭇가지도 내 책상 위에 모셔놓았다.

어치가 놓고 간 나뭇가지가 탐이 났던 속내에는 어치 집을 본 기억이 녹아있는지도 모르겠다. 몇 년 전 집 근처 산

사나무에 어치가 나뭇가지를 모아
놓는 걸 본 적이 있다. 오가며 둥지
가 완성되길 기다렸지만, 무슨 이유
에선지 중단되었다. 얼기설기 얹어놓은
미완성의 둥지가 곧 부서질 줄 알았
는데 웬일, 여름 태풍과 겨울 눈
을 견디며 3년 동안 그 자리에 있
었다. 한 해 두 해 산사나무 밑을 지
나다니며 '아직도 있네?' 하다가 나중엔 경외심마저 들었다.
도대체 기초공사가 얼마나 튼튼하기에!

내가 여기
뭐 하러 왔드라?

4월 17일

어동이가 또 혼자 나뭇가지를 물고 왔다. 그런데 정말 가
만히 3분여 동안 가지를 문 채 서 있다가 갔다. 3분 동안 무
슨 생각을 했을까? 땅콩이 먹고 싶지만, 오늘은 꼭 나뭇가지
를 잊지 말자고 다짐했을까. 땅콩과 나뭇가지 사이에서 치
열하게 고민했을 어동이, 하지만 저녁에 창문을 열어봤을
땐 나뭇가지가 두 개나 또 놓여있었다.

'결국 땅콩이 이긴 건가?'

어쨌든 이 나뭇가지도 책상 위에 올려두었다. 이러다 나뭇가지 수집가가 되려나. 어치는 똑똑하다던데, 건망증 어동이가 둥지를 잘 지을지 의문이 들었다.

어동이와 어샘이 말고 새로운 어치 커플이 보였다. 어삼이, 어끝이로 이름 붙인 어치 한 쌍이다. 둘이 벽돌에 나란히 앉아 얌전히 땅콩을 쪼개 먹는 모습이 뭔가 풋풋하고 평화로운 느낌이었다. 산만한 어동이 커플과 비교하면 선남선녀다. 새들도 성격이 가지각색인 것 같다.

동백이는 예전처럼 쌩쌩해졌다. 부은 부위도 가라앉고 눈 사이의 뭉친 털만 빼면 완벽하다. 동백이와 동선이, 그러니까 동고비 수컷 두 마리는 하루에도 몇 번씩 다녀가는 듯한데, 암컷인 동주와 동미는 열흘째 보이지 않는다. 지금쯤 알을 낳아 품고 있을지도 모른다. 알 품는 기간은 대략 2주니까 늦어도 5월 초면 새끼 동고비가 태어날 것 같다. 혹시 나중에 새끼와 함께 우리 집에 와주려나?

4월 20일

얼마 전 인공 둥지에 거무스름한 털로 둥그렇게 알자리가 생긴 걸 확인했다. 그 뒤로 계속 들뜬 상태로 지내고 있

다. 매일 산책하러 나갈 때마다 멀찍이
서서 인공 둥지 쪽을 흘긋거렸다. 입주
한 새가 드나드는 모습을 혹시나 볼 수
있을까 기대하곤 했다.

근엄한
눈빛으로!

꾸-

　오늘도 들뜬 마음으로 산책에 나섰
다. 인공 둥지 집주인은 보지 못했지만,
나의 '귀여움 탐지 레이더'에 무언가 포
착됐다. 나무의 동그란 구멍으로 머리만
빼꼼 내밀고 두리번거리는 야무진 표정
의 쇠딱따구리였다. 어라, 여긴 사람들이 빈번히 지나다니
는 길 바로 옆인데, 게다가 사람 손도 닿을 만한 높이에 설
마 둥지를? 순간 귀엽고 반갑고 놀랍고 걱정되는 감정이 한
꺼번에 몰려왔다.

4월 21일

　드디어 인공 둥지 집 안을 확인할 날짜가 되었다. 둥지를
설치한 지 2달여, 과연 알이 몇 개나 있을까. 두근거리는 마
음으로 둥지 문을 똑똑 두드리고 반응을 살폈다. 아무 기척
이 없다. 사진 찍을 준비를 하고 심호흡을 한번 했다. 흐음

하. 둥지 문을 슬그머니 열었다. 앗, 집주인이 집에 있었다! 둥지 안에서 알을 품고 있던 박새는 내게 못마땅한 표정을 지어 보였다. 너무 놀라 얼른 한 장만 찍고 둥지에서 멀리 도망쳤다. 후유, 이렇게 어미 새와 마주치는 건 전혀 생각지도 못했다. 공지 받은 내용에는 분명 둥지를 두드린 후 기척이 없으면 열어서 관찰 사진을 찍으라고 되어있었다.

카페에 관찰 기록을 올렸다. 다른 사람들이 올린 게시글도 살펴봤다. 어미 새가 둥지를 비웠을 때 관찰한 경우, 둥지를 두드렸을 때 어미 새가 둥지 밖으로 나와 놀라서 관찰을 포기한 경우, 그래도 사진은 찍은 경우, 알을 품고 있는 새와 마주쳐 관찰을 포기한 경우 등 다양했다. 뭔가 찜찜한 느낌을 떨칠 수가 없었다. 좋은 의도에서 시작한 일이지만, 어떤 면에서는 '관찰'의 민낯을 본 것 같았다. 혹시 나 때문에 번식을 망치면 어쩌나 하는 생각에 그동안 들떴던 기분이 완전히 사그라들었다.

인공 둥지 모니터링이 점점 부담되면서도, 창틀의 다음 계절은 기대되는 요즘이다. 우리 집 창틀에 커플로 보이는 박새가 등장했다. 전에 몇 번 따로 사진을 저장한 적이 있는 오른쪽 날개에 점이 있는 녀석이다. 이름은 '쩜이'라고 지었다. 아무튼 쩜이가 암컷 박새에게 해바라기씨를 먹여주는

76

모습을 봤다! 암컷도 호응하며 잘 받아먹는가 싶었는데, 웃기게도 곧바로 받은 모이를 툭 뱉어버렸다. 어쩌면 맛이 없었는지, 암컷은 다른 걸 입에 물고 날아갔다. 암컷이 날아가니 찜이는 먹다 말고 따라갔다. 커플 맞아? 그냥 일방적인 구애? 창틀에서 이런 '새들의 연애사'를 볼 거라고는 생각지 못했다.

4월 22일

어치가 두고 간 나뭇가지 수집은 네 개에서 멈췄다. 대신 벽돌 위에 웬 풀잎이 놓여있었다. 풀잎의 주인은 참새였다. 녀석은 다른 참새들과 함께 창틀에 도착하자마자 풀잎을 바닥에 떨어트리고 열심히 해바라기씨를 먹었다. 참새들이 돌아가고 난 뒤 풀잎만 덩그러니 남았다. 참새는 어제 영상에서 이끼 한입, 오늘 영상에도 붉은색 꽃잎을 한입 물고 나타났다. 모두 벽돌 위에 스르륵 떨어트린 채 모이를 먹더니 그대로 날아갔다. 물고 온 것을 다시 주워 가지 않았다. 이번엔 '새대가리'라는 단어보다는, '참새가 방앗간을 그냥 지나치랴'라는 속담이 떠올랐다. 참새들에게 우리 집 창틀은 그야말로 방앗간일 테니까.

지난가을부터 품어온 궁금증이 이제야 풀렸다.

'매미가 탈피한 껍질은 나무줄기에 얼마나 오랫동안 붙어있을까?'

이 쓸데없는 궁금증은 지난가을 나무줄기에 붙어있는 매미 껍질을 우연히 발견하면서 시작되었다. 그때부터 지금껏 세 개의 껍질을 줄곧 관찰해 왔다. 놀랍게도 매미 껍질은 눈, 비, 바람을 견디고 겨울을 지나 봄을 맞이했다. 한 개는 조경 작업 중에 떨어져 버렸지만, 마지막까지 남아있던 매미 껍질은 나와 함께 벚꽃까지 즐기고 며칠 전에야 떨어졌다. 어쩌면 한여름 매미 소리가 다시 터져 나올 때까지도 버텨내는 껍질이 있을지 모른다. 어치가 만들다 만 둥지, 주인도 떠난 얇은 매미 껍질, 우연히 눈에 띈 진짜 별거 아닌 것들이 나에게 왜 경외심까지 느끼게 하는지 모르겠다.

4월 24일

수컷 박새 한 녀석이 모이를 깔짝대기만 하고 그냥 버렸다. 며칠 사이 나에게 여러 번 걸렸다. 처음엔 모이에 무슨 문제가 있는 건가 했지만, 다른 새들이 잘 먹는 걸 보면 그건

맛있는 걸
주고 싶다 ♥

자꾸 배가
고프다 ♡

아닌 것 같다. 이런 새는 본 적이 없는데……. 무슨 이유로 모이를 낭비하는지 모르겠다. 솔직히 "내가 먹을 호두 나눠줬더니 무슨 짓이야!"라며 꿀밤을 주고 싶은 심정이었다.

암컷 박새가 '찌르르-' 요란한 소리와 함께 날개를 떨며 나타났다. 입 짧은 수컷 녀석도 뒤따라왔는데 창틀을 한 번 살펴보더니 다른 곳으로 날아가 버렸다. 수컷이 없어지니까 암컷은 소리를 내지 않고, 날개 떨기도 멈추고 해바라기씨만 부지런히 먹었다. 잠시 후 입 짧은 수컷이 입에 작은 먹이를 물고 와 암컷에게 먹여줬다. 암컷은 받아먹으며 '찌르르-' 소리를 냈다.

다음 날도 입 짧은 수컷은 노란색 애벌레를 물고 와서 암컷에게 먹여줬다. 암컷은 '찌르르르-' 소리를 내며 먹던 해바라기씨까지 던져놓더니 애벌레를 맛있게 받아먹었다. 수컷은 암컷이 돌아간 뒤에도 창틀을 여기저기 두리번거리며 살피기만 하고 자기 배를 채울 생각은 없어 보였다.

영상을 확인할 때 박새 암컷이 움직이는 화면을 천천히 돌려봤더니, 엉덩이 부분에 검은 털이 벌어지고 그 중심으로 동그란 도넛 모양의 분홍색 생식기가 보였다. 평상시엔 털에 가려져 안 보이지만 번식기라서 보이는 것 같았다. 번식기가 되면 수컷의 식욕이 줄어드는 걸까?

4월 27일

오전 9시쯤 갑자기 조용하다는 느낌이 들었다. 신나게 떠들던 동고비도 요 며칠 잠잠하다. 새들이 본격적인 번식기에 들어서니 창틀은 좀 한산해졌다. 꽁지가 없어 병아리 같던 쇠박새 '꽁지'도 22일 이후로 보이지 않는다. 가끔 보이는 박새 커플과 어치가 잠깐씩 들르는 것을 빼면 방문객은 대부분 참새다.

점심을 먹고 인공 둥지를 관찰하러 산책에 나섰다. 둥지로 향하는 동안 지난번 어미 새와 마주친 게 떠올라 오늘도 그럴까 봐 걱정됐다. 이번엔 아예 멀찍이서 박새가 둥지를 비우는 순간이 오길 기다렸다. 하지만 몇 분 서 있지도 않았는데 둥지 입구를 노려보는 눈이 금세 피곤해졌다.

'누구나 출퇴근 시간에 할 수 있을 정도로 간단한 미션이라고 해서 신청했더니, 완전 사기네. 사기!'

인공 둥지 홍보 문구를 떠올리며 괜한 원망을 곱씹었다. 한 10분쯤 지났을까. 더는 기다리지 못하고, '아마 어미 새가 없을 거야' 하면서 둥지로 다가갔다. 배운 대로 똑똑 둥지를 두드렸다. 아무런 기척이 없었다. 지난번보다 더 긴장됐지만, 냉큼 사진 찍을 채비를 하고 슬그머니 둥지를 열었다. 아뿔싸! 또 어미 새와 눈을 마주쳤다. 셔터를 얼른 누르고 조심스럽게 문을 닫았다. 한 3초 걸린 것 같다. 이 정도는 어미새도 이해해 주지 않을까, 혼자 변명하며 집으로 향했다. 어미 새와 마주치지 않는 사람들은 어떻게 시간을 맞췄을까? 둥지를 종일 지켜보진 않았을 텐데, 운이 좋았나. 그나저나 어미 새는 알을 품느라 제때 먹기나 하는 건지, 걱정이다.

복잡한 마음을 누그러뜨리려고 좀 걸었다. 울타리 위로 아주 작은 대벌레들이 꼬물대는 게 눈에 들어왔다. 주위를 찬찬히 둘러보니 여기저기에 많기도 하다. 날이 따뜻해져서 대벌레 새끼들이 태어난 것이다. '으~ 올해도 대벌레가 잔뜩이겠구나.' 인상이 찌푸려졌다. 조금 더 걸어 지난번 쇠딱따구리를 본 나무까지 갔다. 쇠딱따구리는 정말 그 나무에서 번식하는 듯했다. 놀라운 건 나무를 감고 있던 담쟁이 줄기에서 잎이 자라나 둥지 입구가 가려지기 시작했다는 점이다. 잎이 더 무성해지면 둥지 자체가 완전히 안 보일 것이다. 쇠딱따구리에게는 이미 나의 걱정과 불안을 넘어설 계획이 다 마련되어 있었다! 야생동물이 우리 인간들 때문에 고생이 이만저만 아니지만, 그들은 나름대로 환경에 맞춰 열심히 살아간다.

4월 30일

내가 선남선녀 커플로 꼽은 어삼이와 어끝이는 여전히 사이가 좋다. 박새 부부보다 더 다정해 보인다. 오후 4시쯤 수컷 어삼이가 여유롭게 땅콩을 먹고 있을 때 암컷 어끝이가 날아와 친근하게 부리를 부딪쳤다. 그 이후에 어삼이가 먹고 있던 땅콩 조각이 보이지 않았다. 어삼이가 어끝이에게 땅콩을 먹여준 걸까. 둘은 여러 번 서로 부리를 벌리며 뽀뽀 같은 행위를 하고 평소보다 작은 소리로 재잘거렸다. 소리나 행동 모두 부드럽고 상냥한 느낌이었다.

　로맨틱한 모습의 어삼이와 어끝이를 보다가 문득 어삼이의 날개가 눈에 띄었다. 왼쪽 작은날개깃이 얼마 전부터 계속 벌어져 있기 때문이다. 다친 건지 털이 빠지려고 하는 건지 모르겠다. 잘 날아다니는 걸 보면 큰 문제는 아닐지도.

5월

그 작은 알에서 나오느라
고생했어!

5월 3일

작은 새들의 방문이 부쩍 줄었다. 참새들은 여전히 드나들고 있지만, 그래도 창틀이 좀 한산해진 틈을 타 촬영 공간을 정비했다. 그동안 창문을 조금 열어 핸드폰을 비스듬히 세워놓았는데 그 작은 틈으로 혹시 새들이 들어올까 봐 불안했다.

예전 집에서는 방충망 틈을 통해 참새 한 마리가 진짜 집 안으로 들어온 일도 있었다. 참새는 베란다를 한참 헤맸고, 나도 애를 먹었다. 무엇보다 더운 날 닫힌 공간에 오래 갇혀 있으면 새들도 탈수로 기절한다.

지금 사는 집에도 새가 들어온 일이 있다. 지난 1월 날이 잠깐 풀리자, 재택근무 하던 남편이 환기한다며 창틀 먹이

터 쪽 창문까지 활짝 열어버렸다. 참새가 들어오는 걸 한차
례 경험한 내가 한 소리 했지만, 잠깐은 괜찮다며 고집을 부
렸다. 아니나 다를까 열어놓은 지 몇 분도 안 돼 부스럭거리
는 소리가 들리더니, 어느새 동고비 한 마리가 집 안으로 들
어와 있었다. 재빠르게 창문과 방충망을 죄다 열어젖혔다.
하지만 동고비는 알아채지 못했다. 허공에서 한참을 날갯짓
하던 동고비가 지쳤는지 주방 싱크대 손잡이에 앉았다. 그
틈을 타 나는 손바닥에 호두 부스러기를 올려놓고 천천히
다가갔다. 팔을 뻗친 채 꼼짝없이 기다리기를 몇 분, 동고비
가 호두에 관심을 보였다. 손바닥에 동고비가 내려앉는 순
간! 깔끄러운 발톱과 '조그만 무게감'에 무어라 말할 수 없는

긴장되니까
괄약근이…

느낌이 들었다. 행여 날아갈세라, 조심조심 창문으로 다가 갔다. 머리 꼭대기에서 날개까지 푸른 빛이 이어진 동고비 는 고개를 갸웃갸웃했다. 최대한 숨을 참으며 놀라지 않도 록 창문 가까이 다가가 팔을 내밀자 쌩~ 날아갔다. 헐, 그런 데 너석은 호두는 안 먹고 손바닥에 똥만 싸고 갔다!

'뭐야, 이것도 선물인가?'

거무스름한 똥 덩이 주위로 투명한 액체가 흥건했다.

동고비 손님이 다녀간 후, 남편은 한동안 잔소리를 들어 야 했다. 오늘 창문을 정비하며 구석구석 잘 막아놓았으니, 앞으로는 남편만 잘 단속하면 될 것 같다.

5월 6일

나의 인공 둥지에도 드디어 박새 새끼 한 마리가 알을 깨 고 나왔다. 오늘은 다행히 부모 박새가 없는 틈에 둥지를 관 찰해서 마음이 가벼웠다. 갓 태어난 새는 사진으로만 봤지, 이렇게 가까이에서 직접 보는 건 처음이었다. 눈도 뜨지 않 은 벌거숭이 꼬물이 옆에 알 두 개가 더 보였다. 갈색 점이 뿌려진 아주 조그만 알이었다. 박새는 보통 알을 한 번에 여 섯 개에서 열 개 정도 낳는다던데, 세 개는 너무 적지 않나?

아무튼 나머지 알도 무사히 부화하면 좋겠다.

'그 작은 알에서 나오느라 고생했어!'

요즘 모니터링 카페는 부화한 새끼 소식으로 분위기가 달아오르고 있다. 하지만 올라온 게시글들을 보면서 한편으로는 찜찜하기도 했다. 관찰을 핑계로 새의 안방까지 몰래 들여다보는 건 새들에게 미안한 일이기 때문이다. 그리고 번식과 탄생을 기뻐하는 관찰 기록 가운데 누군가 둥지를 훼손했다는 글도 있었다! 둥지가 박살 나고 알이 모두 깨진 처참한 사진과 함께. 인공 둥지를 설치하면서 가장 경계한 것은 바로 '사람'이었다. 설마 했던 일이 벌어지자 모두 충격을 받았다.

인공 둥지를 신청하면서 새집을 아무 곳에나 설치해도 될까? 걱정이 많았다. 내가 참여한 프로그램은 환경부가 지원하는 공적 연구 활동이라 비교적 안전했다. 그러나 개인이 인공 둥지를 설치하려면 어려움이 따른다. 아파트의 경우 관리소에서 반대하기도 한다. 보통은 공원이나 집 근처 숲에 설치하는데, 오가는 사람이 많을수록 새들에게는 그리 좋은 환경이 아니다. 이런 일은 사람들의 공감과 동의가 필요하고 그저 많은 이들의 선의에 기댈 수밖에 없다.

5월 10일

와, 오늘은 아무도 안 왔다. 심지어 참새도 몇 마리 오지 않았다. 번식이 한창이라 다들 바쁘다지만 이럴 수가 있나. 영상을 확인하고 기록할 일이 확 줄었다. 일이 줄어 몸이 가볍기까지 하지만 왠지 어딘가 허전하다. 좋은 건지 싫은 건지 모르겠다.

산책길에 꼭 들러보는 쇠딱따구리 둥지에도 새끼가 태어난 것 같다. 짐작한 대로 무성하게 자란 담쟁이 잎이 둥지 입구(구멍)를 완전히 가렸다. 목을 길게 빼서 둘러봐야 보일까 말까다. 완벽한 요새이다.

새끼에게 줄 벌레를 부리에 물고 있는 쇠딱따구리는 둥지로 직행하지 않고, 입구에서 멀찌감치 떨어진 아래쪽 줄기에 착 붙듯이 앉는다. 그리고는 딴청 부리듯 담쟁이 잎 사이로 빙빙 둘러 올라가다 집으로 쏙 들어간다. 천적의 눈에 띄지 않게 '샤샤삭' 움직이는 것이다. 집 위치를 들키면 안되니까. 반대로 새끼의 똥을 물고 둥지 밖으로 나올 때는 재빠르게 쌩하고 나와 멀리 날아간다. 마치 총알처럼. 사람들이 지나다니는 곳이지만 쇠딱따구리는 이곳에 잘 적응한 듯하다. 쇠딱따구리 둥지를 아는 사람은 나뿐이겠지. 부디 그러하기를.

5월 15일

4월 말 이후 보이지 않던 동고비 수컷 동선이가 며칠 전부터 다시 찾아왔다. 동선이는 4일 전에 한 번, 3일 전에 세 번 그리고 엊그제 아침과 어제 아침에는 2시간 동안 각각 16번, 14번이나 다녀갔다! 이렇게 짧은 시간에 집중적으로 여러 번 다녀간 적은 처음이었다. 이전처럼 느긋하게 한두 개 먹고 입에 두세 개 물고 가는 게 아니라, 오자마자 얼른 해바라기씨를 콕 집어 황급히 날아갔다.

'해바라기씨를 새끼에게 주려는 걸까?'

사람이 아기를 키울 때 부드러운 이유식부터 차근차근 단계를 밟아 적응시키듯, 새들도 비슷하다. 부모 새는 작거나 부드러운 먹이를 새끼에게 먹이다가 차차 단단한 것으로 바꿔준다. 만약 딱딱한 해바라기씨를 새끼에게 먹이려고 물고 간 거라면, 새끼가 어느 정도 자랐다는 얘기다. 동선이의 번식은 잘 진행 중인가 보다. 그런데⋯⋯ 동백이와 암컷들은 (동미, 동주) 아직 보이지 않는다.

5월 16일

새들이 무슨 약속이라도 한 걸까? 동고비에 이어 며칠간 통 보이지 않던 박새, 쇠박새, 곤줄박이도 다시 찾아왔다. 고작 열흘 남짓 못 봤을 뿐인데 매우 반가웠다. 그사이 새끼들이 태어나 밤낮으로 돌보느라 못 왔던 모양이다.

새들이 많이 와서일까, 먹이터에 몇몇 흔적이 남았다. 붉은 벽돌에는 하얗고 둥그런 자국이 남았고, 어떤 녀석인지 애벌레를 놓고 갔다.

영상을 확인해 보니 참새 한 녀석이 새하얀 우유 한 방울을 살포시 놓고 휙 날아갔다. 지난 3월에 처음 본 치즈스틱 닮은 참새 똥과는 아주 달랐다. 하얗고 둥그런 자국은 아마도 수분이 날아간 참새 똥인 듯했다. 이건 비 오면 지워질 수도 있으니 두고 봐야겠다.

애벌레를 물고 온 녀석도 참새였다. 지난번에 마른 지푸라기나 풀잎을 놓고 간 것처럼 애벌레를 바닥에 버려둔 채 해바라기씨만 열심히 먹고 그대로 가버린 것이다. 역시나 다시 가지러 오지도 않았다. 다른 새들도 죽은 벌레는 거들떠보지 않았다. 아니, 우리 집 창틀 식당이 아무리 맛이 좋다 해도, 새끼 먹일 양식을 놓고 가는 건 좀 너무하지 않나? 아무튼 웃긴 참새 녀석들이다. 그래도 지난달에는 집 짓기에 쓸 풀 줄기를 물고 다니더니 이제 먹잇감을 물고 다니는 걸 보면 참새들도 잘 번식한 모양이다.

5월 17일

인공 둥지에 남아있던 두 개의 박새 알은 끝내 부화하지 못했다. 둥지에는 새끼 박새 한 마리만 무럭무럭 자라고 있다. 외동 박새라니…… 왠지 쓸쓸하다.

인공 둥지를 관찰하자면 두 가지 어려움이 있다. 기다림(짧게는 5분, 길게는 30분)과 벌레! 멀찌감치 서서 부모 새가 집을 비우기를 기다리는 일도 지치지만, 그동안 애벌레, 대벌레를 물리쳐야 한다. 모자로 떨어지는 벌레들, 다리로 기어오르는 어린 대벌레들, 으~ 죽이기는 뭣하니까 이상하고 우스꽝스럽게 보이더라도 수시로 머리와 발을 흔들어 털어낸다. 한 사람이 나무 옆에 우두커니 서 있다가 한 번씩 머리를 흔들고 손발을 떠는 모습이 보인다면 아마 나 같은 상황일 것이다. 최대한 참으며 '벌레들아, 오지 마라, 오지 마라, 제발!'을 주문처럼 외운다.

인공 둥지 관찰 미션이 끝나면 산책로를 따라 걸으며 쇠딱따구리 둥지를 훔쳐본다. 이게 요즘 나의 루틴이다. 오늘은 쇠딱따구리가 구멍으로 머리를 내밀고 이쪽저쪽 주위를 살펴보고 있었다. 어? 이거 위험한데, 하며 핸드폰으로 사진을 찍어 확대해 봤다. 어린 쇠딱따구리였다. 혹시 엄마가 언제 오나 기다리다가 고개를 내밀어 봤을까? 아니면 둥지가 길가에 있어서 예민하게 주위를 경계하나, 싶다.

SNS 이웃이 올린 다른 쇠딱따구리 영상을 보니 역시나 비슷한 행동을 하고 있었다. 쇠딱따구리 생태에 대해 좀더 알아보니, 매 같은 천적을 피해 일부러 인적이 있는 장소에 둥지를 마련하기도 한단다. 그러니까 구멍으로 고개를 내밀어 주위를 살피는 건 쇠딱따구리의 습성이다. 새끼가 어느새 다 자라 어미와 똑같은 모습으로 둥지 밖을 살폈다. 제법 어른티가 나는 쇠딱따구리 새끼는 곧 둥지를 떠날 것 같다.

짹짹

새들은 왜 고개를 갸웃거릴까? 우리는 주위를 살필 때 사방을 돌아본다. 새들도 마찬가지이다. 대신 안구를 자유롭게 움직일 수 없기에 하늘에 천적이 날아올까 봐 옆에 붙은 눈을 위로 돌려야 한다. 작은 새가 갸웃거리는 모습은 깨물어 주고 싶을 만큼 귀엽게 보이지만, 사실은 경계 태세이다. (《세상에서 가장 재미있는 83가지 새 이야기》, 가와카미 가즈토·미카미 가쓰라·가와시마 다카요시, 서수지 옮김, 사람과나무사이)

5월 19일

어제 오전에 잠깐 천둥 번개가 치면서 비가 쏟아졌다. 하늘이 어두워지는데 참새 한 마리가 다급하게 창틀에 와서 앉더니 뭐라고 혼자 짹짹거렸다. 하늘이 다시 우르릉 쾅쾅거리자, 참새는 곧 '짹' 소리도 내지 않은 채 긴장한 듯 꼼짝하지 않았다. 모이에는 입도 대지 않고, 눈만 껌뻑이기를 3분여. 천둥소리가 잦아들자 그제야 다시 짹짹거렸다. 이윽고 참새 네댓 마리가 몰려왔다. 먼저 온 참새의 짹짹 소리가 어떤 신호였는지, 아니면 다른 참새들이 다가오는 기척을 느끼고 반가워서 짹짹거린 건지는 모르겠다. 아무튼 참새들은 사이좋게 모이를 쪼아 먹었다.

어제는 날씨가 변덕스럽더니 오늘은 종일 화창했다. 볕이 밝아서인지 번식 중인 새들이 좀 꼬질꼬질해 보였다. 참새 한 녀석은 꽁지깃이 하나만 덜렁 있는, 웃긴 모습이었다. 꽁지 없는 쇠박새를 처음 봤을 때만 해도 꽁지가 온전하지 못한 게 걱정되고 신경 쓰였다. 하지만 이젠 꼭 털갈이 시기가 아니어도 저들 사정에 따라 빠지고 새로 자란다는 걸 알게 돼서 그러려니 한다.

인공 둥지의 외동 박새가 둥지를 떠난 듯했다. 나도 모르는 사이에 가버리다니, 괜히 서운한 마음이 들었다(나 같은 수상한 인간이 없을 때 둥지를 떠나는 게 당연하지). 형제 없이 혼자 세상에 나간 녀석이라 마음이 쓰였다.

인공 둥지 안내문에 따르면, 번식이 끝난 둥지는 2차 번식하는 다른 새들이 이용할 수 있도록 청소해 줘야 한다고 했다. 나도 다음 주인을 위해 청소해야겠다고 별렀는데, 막상 둥지를 열어보았더니 내가 손댈 틈도 없이 벌써 새로운 주인이 입주한 듯했다. 전 거주자의 세간살이(알자리)가 다 가려질 만큼, 누군가 이끼와 털을 수북이 가져다 놓은 것이다. 빈집인가 살피러 왔다가 깨끗해서 아예 눌러살기로 한 듯싶다. 카페에서 다른 관리자들이 올린 둥지 사진은, 새끼의 똥과 열매 얼룩, 지저분한 털 뭉치로 청소하는 게 마땅해 보였다. 그에 비해 박새 부부와 외동 새끼만 거주했던 우리 둥지는 아주 깨끗했다. 깨끗하게 살다 간 세입자 덕에 입주 청소의 수고로움을 덜었다.

두 번째 세입자는 누구일까?

5월 10일을 전후로 새들의 방문이 뜸했던 시기를 제외하면, 우리 집 창틀 먹이터에 들르는 새들의 방문 횟수는 대체로 비슷하다. 어제를 예로 들면 어치 4번, 쇠박새 4번, 곤줄박이 4번, 박새 5번, 동고비 15번(안 오는 날이 더 많다), 참새 95번이다(참새! 대단해). 반나절씩 촬영하고 있으니까, 하루에 약 7시간 동안, 이 정도의 새가 우리 집에 오고 있다.

참새가 제일 많은데 딴 데서 벌레 같은 먹이를 물고 오는 경우가 많다. 부리에 벌레를 물고 와서는 해바라기씨를 하나 더해 부리를 꽉 채우고 가는 녀석도 있다. 전에는 주로 애벌레를 잡아왔지만 이제는 다리가 달린 벌레나 제법 큰 곤충들까지 물고 온다. 부리에서 흔들거리는 애벌레도 그렇지만, 아직 숨이 붙어있는 곤충을 모니터로 크게 보는 건 더 별로다. 어쨌든 달라지는 먹이 흐름을 보면서, 새끼 참새들이 많이 자랐음을 짐작할 수 있었다. 그리고 오늘 오전 11시 20분, 드디어 새끼 참새 두 마리가 창틀에 나타났다!

그동안 새끼들도 우리 집에 오기를 간절히 바랐다. 하지만 새끼들은 둥지에서 성장해 이소를 하므로 보기 쉽지 않을 거라 생각했다. 그런데 분명 새끼 참새였다. 어미보다 좀 작은 몸집과 어리바리한 행동이 틀림없었다. 마음의 준비도 못 했는데, 새끼 참새들은 그렇게 갑자기 등장했다. 놀란 나는 자리에서 벌떡 일어나 남편에게 소리쳤다.

"여보! 우리 집에 아기 새가 왔어!"

가벼운 충격(?)으로 머릿속이 다 시원했다. 너무 귀여워서 심장이 아플 정도였다.

쨱! 쨱! 쉬지 않고 소리 내며, 먹을 거 내놓으라는 듯 날개를 파닥파닥하고 입을 벌린다. 어른 참새와 덩치는 큰 차이가 없지만, 부리의 노란색과 흐릿한 깃털 색이 달랐다. 가장 큰 차이는 야생에 어울리는 눈빛이 아니다. 먹을 것만 주면 나에게도 들러붙을 것 같은 순수한 눈동자다! 우리 집에 같이 살자고 하면 눌러앉을 눈빛?

'이 모습을 보려고 창틀 스토킹을 계속했던 걸까!'

5월 25일

인공 둥지의 두 번째 입주자는 역시 박새였다. 그동안 번식을 방해하지 않으려고 자주 들르지 않았다. 모니터링 주최 측에서 제시한 관찰 날짜보다 기간을 길게 잡고 관찰했다. 먼저 번식했던 어미 박새와 자꾸 마주쳤던 게 미안해서 이번엔 더 조심했다. 하지만…… 알을 품는 박새와 또 마주쳐 버렸다! 이 정도면 운명이다.

인공 둥지의 외동 박새가 둥지를 떠났을 무렵, 아마도 산책길 쇠딱따구리 2세도 둥지를 떠났던 모양이다. 오가며 쇠딱따구리 구멍을 한참이나 지켜봤지만, 아무 기척도 없다. 지금쯤 부모를 따라 이 나무 저 나무 옮겨 다니며 열심히 세상 공부하고 있겠지. 꼭 건강한 쇠딱따구리로 성장하렴.

동선이가 요 며칠 자주 창틀 먹이터에 찾아왔다. 그런데 2월에 처음 봤던 찹쌀떡 같은 모습은 온데간데없고 점점 푸석해지는 느낌이었다. 박새나 쇠박새도 꼬질꼬질하긴 마찬가지지만, 동고비에게서 더 큰 피로가 느껴졌다. 그나저나 다른 암컷 동고비들과 동백이는 잘 지내고 있는 걸까? 이대로 발길을 끊는 건 아니겠지? 궁금하고, 보고 싶다.

5월 27일

한 참새 녀석이 애벌레를 세 마리나 물고 와 바닥에 내려놓더니, 한 마리를 먹고는 이어서 해바라기씨를 먹었다. 그러고는 그대로 날아갔다. 바로 이어서 날아온 참새가 남은 애벌레 두 마리 중 한 마리를 냠냠 먹었다. 또 다른 참새가 이번엔 곤충 한 마리를 물고 오더니 역시 벽돌에 내려놓고는 해바라기씨를 먹기 시작했다. 그러고는 그냥 돌아갔다. 뒤이어 날아온 참새가 '웬 떡이냐?' 하고는 곤충을 물고 날아갔다. 남아있던 애벌레 한 마리는 아무도 먹지 않아 굴러다니다가 밑으로 떨어졌다. 참새의 개체 구분은 힘들지만, 스크린샷으로 하나하나 비교해 보니 모두 다른 참새들이었다. 먹이 구하러 갔다가 들르는 맛집. 모성도 참새 방앗간은 이길 수 없는 것인가?

박새는 보통 알을 여섯 개에서 열 개쯤 낳고, 참새는 다섯 개 정도 낳는다고 한다. 엊그제 새끼를 데리고 온 참새를 관찰했더니, 정말로 참새 부부가 새끼 다섯 마리를 보살피고 있었다. 온 가족이 한꺼번에 날아온 건 아니고 시차를 두고 한두 마리씩 합류했다. 며칠간 참새를 열심히 살펴봤더니 부모 참새는 자기 새끼들에게만 먹이를 주었지만, 새끼 참새들은 낯을 가리지 않고 아무에게나 입을 벌렸다. 자기 새끼가 아닌데 와서 입을 벌리면 고개를 홱 돌려 외면한 채 자기 먹을 것에만 집중했다. 어른 참새들은 불투명 창문(내가 있는 집 안쪽)에 무언가 어른거리기만 해도 눈 깜짝할 '새' 날아가 버리는데, 이 낯가림 없는 순진무구한 새끼들은 창문 안쪽에서 내가 손을 흔들어도 그러거나 말거나 한다.

'아, 세상 물정 모르는 것들.'

5월 29일

오늘은 '짹짹이' 새끼 참새들이 나타난 지 일주일이 되는 날이다. 그동안 새끼 참새의 방문이 계속되면서 좀 곤란해졌다. 새끼 새들이 짹짹대는 소리는 동네 어디서 잠깐 들을 땐 반가웠는데, 창문 앞에서 계속 들리니까 정말이지 '괴롭힘' 수준이었다. 창틀에서 해바라기씨와 땅콩 부스러기를 먹으며 부모 새를 기다리는 새끼 참새들 숫자도 조금 늘었다.

이 귀여운 가해자들이 나타난 첫날, 기쁨에 들떠 먹기 좋게 해바라기씨와 땅콩을 갈아 벽돌 위에 뿌려 주었다. 부모 도움 없이 혼자 해바라기씨를 부숴 먹을 수는 없었기 때문이다. 새끼 참새들은 보이는 새마다 다가가 날개를 파닥이며 입을 벌려 먹이를 달라고 짹짹거리며 보챘다. 그러다 먹이를 얻지 못하면 내가 뿌려놓은 가루를 주워 먹는 데 열중했었다. 그런데 일주일 만에 참새들이 좀 큰 것 같다! 오늘은 어미의 입을 거치지 않고도 혼자 해바라기씨를 먹는 녀석도 있었다.

어린 새들은 자기들끼리 구석에 모여 겁먹은 듯한 모습을 보일 때도 있고, 어떤 녀석은 부모를 기다리다 지쳐 졸기도 했다. 세상에 나온 지 얼마 안 된 새끼 새들에게 이곳 창틀은 어떤 장소일까?

5월 30일

창틀 먹이터는 어린 참새들이 점령해 버렸다. 형님 참새들과 그보다 더 어린, 아직 부스러기를 주워 먹는 참새들이 섞여 쉴 새 없이 짹짹대며 창틀을 구석구석 헤집고 있다. 곤충의 긴 더듬이를 부리 옆에 묻힌 칠칠찮은 참새도 있고, 열매(아마도 버찌?)를 얼굴로 먹었는지 온통 벌게진 채 짹짹거리는 참새도 있었다.

특히 이 열매 얼룩 있는 녀석은 밥 달라고 짹짹거리며 이 새 저 새에게 구걸하더니 급기야 곤줄박이한테도 입을 벌렸다. 곤줄박이는 당황했는지, 모이도 안 물고 휙 날아가 버렸다. 이렇듯 어린 참새들이 마구 들이대면 어미가 아닌 다음에야 다들 슬슬 피했다.

가끔 부모 참새가 아무도 없는 창틀에 벌레를 물고 와 새끼를 찾는 듯한 모습도 보였다. 창틀을 제집처럼 휘젓고 다니는 새끼 참새들을 계속 보다 보니, 뭔가 이상한 느낌이 들기 시작했다. 혹시 부모 참새들이 창틀을 놀이방 용도로 이용하고 있는 건 아닐까? 아침마다 새끼들을 이곳에 데려다 놓고 볼일 보러 다니는 어미들? 합리적인 의심이었다.

3월에 우리 집에 오는 어치들을 몽땅 구분하겠다고 덤볐다가 너무 힘들어 포기할까 말까 할 때, 마치 어치들이 '거봐라, 괜히 시작했지?' 하고 쳐다보는 것만 같았는데, 이런 나를 어치가 보면 또 한마디 할 거 같다.

"당신, 참새맘에게 호구 잡힌 거야."

5월 31일

산과 바다, 섬을 돌아다니며 새를 좇는 탐조인들은 처음 보는 새를 개인의 탐조 목록에 올려놓는다. 이를 '종추'라고 한다. 종이 추가될 때마다 그 기쁨과 설렘은 이루 말할 수 없다. 나는 주로 집 주위를 산책하며 몇몇 종의 새들을 관찰하

내 간식 못 봤소?

야들야들한 건데...

는 정도니까 종추에는 크게 의미를 두지 않았다. 더구나 높은 하늘에서 활공하는 맹금류에 대한 동경도 접은 지 오래되었다. 그래서 새를 좋아한 지 십 년이 넘었지만, 탐조 목록은 초보 탐조인 보다도 못하다.

그런 내가 며칠 전 '종추' 비슷한 걸(?) 했다. 이전에는 만난 적 없는 새를 본 것이다. 나와는 별 인연이 없을 거로 생각했던 맹금류를, 바로 우리 집 창문에서 봤다. 정확히는 창틀 먹이터 촬영 영상으로 본 거지만 그걸로도 놀라움과 신기함에 눈이 커졌다. 하지만 다음 순간, 이 녀석은 아마도 창틀에 드나드는 작은 새들을 노리고 우리 집을 찾았겠지 생각하니 무서워졌다.

'누구냐, 넌.'

도감을 뒤져 녀석의 이름을 찾는 동안 심장이 두근거렸다. 맹금류를 동정(새를 관찰하여 종류를 식별하는 것)한 적이 별로 없어 한참을 비교하며 찾았다. 녀석은 '붉은배새매'였다.

오늘 붉은배새매가 영상에 또 찍혔다. 어린 참새들이 갑자기 화면에서 사라지는 게 이상해서 영상을 아주 천천히, 프레임별로 돌려보니 붉은배새매가 순식간에 창틀로 돌진했다가 사라졌다. 다행히 매에게 잡힌 참새는 없었다. 겁먹은 어린 참새 두 마리가 화면에 보이지 않는 좁은 틈으로 들어가 한참 동안 숨어있었다. 안쪽에서 내가 손을 흔들 때면 신경도 안 쓰길래 녀석들이 너무 무방비한 것 같아 걱정했는데, 이런 위험에는 본능적으로 반응을 잘하는 것 같아서 다행이었다.

어리바리하던 새끼가 어른 새가 되는 건, 생사의 위험에서 살아남았다는 증거다. 그리고 봄에 신나게 지저귀는 새들은 처음 겪는 추운 겨울을 견뎌낸, 그야말로 승리자들인 셈이다. 그들이 우리 집 창틀에서 먹이를 먹고 다음 세대를 이어갈 새끼들을 데려왔다. 오늘의 경험으로 어린 참새들도 서서히 야생의 눈빛을 갖게 될 것이다. 마음이 웅장해진다.

짐승들이 권했다.
말은 이제 그만하고 다시 한번 꿀벌과 비둘기들이 노닐고
새들이 노래하는, 장미꽃 만발한 바깥세상으로 나가
새들에게 노래하는 법을 배우는 것이 좋겠다고.

—

《니체 : 짜라투스트라는 이렇게 말했다, 해설서》,
정동호, 책세상

PART 2

여름

창을 열어야 더 잘 보이고 들리지

6월

아기들과 새끼들은
시끄럽다

6월 2일

새끼 참새들이 많아지면서 모이가 금세 없어지고 있다. 여름철 번식기를 감안해도 지난해 이맘때는 800g짜리 해바라기씨 한 봉지로 두 달은 버텼는데 한 달 만에 벌써 바닥이 보인다. 이번에는 넉넉히 주문해야 할까 보다.

며칠 전에는 창틀 한쪽 벌어진 틈을 실리콘으로 막고 깨끗하게 청소도 하고, 작은 물그릇을 놓아두었다. 사실 그릇이라고 부르기도 좀 민망한, 플라스틱 명함 케이스다. 좁은 창틀에 물그릇 놓기가 마땅치 않았는데 딱 좋았다. 날도 덥고 하니, 어린 새들이 한자리에서 물도 먹고 밥도 먹으면 좋을 것 같아 일단 내놓아 봤는데 다행히 별 거부감을 보이지 않았다.

작은 부리로 콕콕 물을 찍어 먹는 모습이라니! 어쩜 이리 귀여울까. 얼마 전 붉은배새매의 공격으로 세상 쓴맛을 보았건만, 고새 다 까먹은 건지 고개를 갸웃갸웃하고, 땡글땡글한 눈마다 호기심이 가득하다. 어떤 녀석은 먹이를 가지러 온 곤줄박이를 똑바로 바라보며 "쨱!" 소리쳤다. 불과 며칠 전에는 입 벌리고 밥을 구걸하는 표정이었는데, 이제는 "비켜! 나 먹을 거야" 하는 듯하다. 곤줄박이도 물론 움찔했지만, 나도 어린 참새의 당돌함에 웃음이 났다.

6월 4일

근처 숲에서 본 대벌레가 드디어 우리 집까지 진출했다. 몇 마리가 흔들거리며 벽돌로 기어오르는 모습이 영상에 찍혀있었다. 현관문 근처에도 대벌레들이 구석구석 포진해 있어서 밖에 나가거나 집으로 들어올 때마다 몸이 움츠러든다. 머리에 툭 대벌레가 떨어질까 봐!

몇 년 전 대벌레를 처음 봤을 땐 징그러우면서도 그 생김새 때문에 좀 신기했다. 나뭇가지처럼 보이는 대벌레는 몸과 다리에 대나무처럼 마디가 있고 길다. 그래서 '대나무 곤충(죽절충竹節蟲)'이라고도 부르는데 세계에서 길이가 가장 긴

곤충이란다. 무려 60cm가 넘는 대벌레도 있다고! 내 눈앞
에 보이는 대벌레는 검지손가락만 하니 그나마 다행이다.

　내가 대벌레를 처음 본 그해 여름에 대벌레를 자루에 담
아 버리는 모습이 뉴스에 소개됐다. 유독 대벌레만 그 수가
폭발적으로 늘어나 문제가 됐기 때문이다. 우리 동네에도 녀
석들이 꽤 활개를 치고 다녔다. 여름밤 가로등 밑에서 담배
를 피우며 담소를 나누던 사람들이 갑자기 소리를 지르곤 했
다. 대부분은 "으아아! 뭐야, 사마귀야?" 하는 반응을 보였지
만, 범인은 대벌레였다. 아침 출근 시간에도 작은 비명이 수
시로 들렸다. 자동차 위에 기어다니는 대벌레를 처치하느라
다들 곤욕을 치렀다. 야행성이 강해서인지 주로 검은색 자동
차와 타이어 부분에 진을 치고 있었다. 한동안 길바닥에 눌

어붙은 대벌레 사체를 피해 다니느라 종종걸음 쳐야 했다.

지난해에는 어떤 동물이 대벌레를 먹이로 삼는지 궁금했다. 틈틈이 숲길을 기웃거리며 봤지만, 까치가 몇 번 집적대다 그냥 가는 모습을 본 게 전부였다. 대벌레를 잡아먹는 새는 없나 보다 생각했는데, 올해 창틀 영상으로 보니 참새가 작은 대벌레를 잡아먹는다.

대벌레 말고도 요즘 우리 집에 침입하는 녀석이 또 있다. 일단 눈에 띄었다 하면 비명부터 지르게 하는 갈색여치다. 메뚜깃과의 여치는 긴 다리가 시커멓고, 크기가 손가락 두 마디 정도로 커서 무섭다! 어디로 들어오는지 큰방, 주방, 현관 할 것 없이 불쑥불쑥 튀어나온다. 그때마다 깜짝 놀랄 수밖에 없고, 남편도 이 녀석 앞에선 뒷걸음친다.

몇 해 전엔 까만 나방이 그렇게 많았다. 또 그전엔 하얀색 나방이 출몰했었고. 그러고 보면 해마다 대세인 벌레는 바뀌는 듯하다. 올해는 대벌레와 갈색여치인가? 으악~.

6월 6일

몇 달 전부터 새소리를 신경 써서 듣고 있다. '소리 동정(動靜)'은 새를 탐조하는 방법의 하나이다. 새의 목소리를 듣고 개체 종류와 감정(영역 표시, 구애 등)을 구별해 보는 것이다. 이건 관련한 공부도 제법 해야 하고 시간을 들여야 하는 일이어서 그동안 시도조차 안 했는데, 한번 노력해 보고 싶다. 엊그제는 처음 듣는 낯선 새소리가 들려 얼른 녹음했다. 마침 단톡방에 소리 동정과 관련된 글이 올라왔다. "팔색조 소리가 들리기에 나왔는데 새는 보이지 않더라"는 내용이었다. 덩달아 궁금해져서 팔색조 소리를 들어봤더니 내가 녹음한 소리와 같았다!

'와, 팔색조가 우리 집 근처에 산다고?'

여름 철새인 팔색조는 멸종위기종으로, 쉽게 보기 힘들고 주로 남쪽에서나 볼 수 있다. 그래서 도감을 볼 때도 별로 눈여겨보지 않았다. 녹음한 소리를 단톡방에 올렸다.

"팔색조가 맞나요?"

세상에나! 맞단다. 지금도 믿기지 않는다. 신기하게도 그날 이후 팔색조 소리가 계속 들린다. 이런, 어쩌면 우리 동네에서 팔색조가 번식을 준비하는지도 모른다. 굉장한 일이다. 깃털이 일곱 가지 색으로 이루어진 팔색조는 사진으로만 봐도 참 아름답다. 매력적인 사람을 팔색조에 비교하곤하는데 일리가 있다. 어쩌면 한 번은 마주칠 수 있을까? 그랬으면 좋겠다.

문세 형님!

저 왔습니다.

6월 7일

팔색조는 소리만 들었으니 진정한 종추라고 하기 어렵지만, 오늘 정말 우연히 종추를 했다. 그림 작업 중 '겔겔' 소리가 크게 들렸다. 이 소리는 설마 파랑새? 재빠르게 창문 밖으로 고개를 내밀었다. 가끔 소리만 들었지, 한 번도 본 적은 없었다. 게다가 주로 나무 꼭대기에 앉아있기를 좋아하는 새라서 별 기대도 안 했다. 그런데 엇, 통신탑에 앉아있다. 얼른 쌍안경으로 확인하니 푸른빛이 보인다. 파랑새다. "귓가에 지저귀던 파랑새 마음을 파닥이던 파랑새~" 이문세의 〈파랑새〉를 나도 모르게 흥얼거린다.

'오, 이런! 집 안에서 종추라니!'

생각해 보니까 '창틀 먹이터 촬영'이야말로 진정한 방구석 탐조인 것 같다. 올해 태어난 햇참새도 실컷 보고, 박새 암컷이 알랑거리는 것도 보고, 얼마 전엔 붉은배새매를 보기도 했으니 말이다. 남들은 새를 보기 위해 섬으로, 산으로 여기저기 영역을 넓혀가는데 나는 근처 숲에서 동네로, 그리고 아예 방으로 탐조 영역이 줄어들었다. 그러고도 새 보기가(아니 듣기도 포함이지) 즐거우니 신기할 노릇이다.

새 보기는 넓고 얕게, 혹은 좁고 얕게, 또는 좁고 깊게, 아니면 넓고 깊게도 할 수 있다. 자신이 처한 환경에 맞는 방법으로 보면 된다. 좋은 장비가 있어야만 가능한 것도 아니다. 빈손에 맨눈이라도 얼마든지 탐조할 수 있다. 또 멀리 바다로 섬으로 산으로 새들의 주 서식지를 찾아가지 않더라도, 우리 집 마당, 근처 공원 등 가까운 장소에서도 충분히 살펴볼 수 있다. 왜? 사실 관심을 두고 보면 새는 어디에나 있다. 그러니 새가 있는 곳이면 어디서든 탐조하면 된다. 새를 보

짹짹 --

새의 깃털 색은 놀랍도록 다양하고 아름답다. 새가 먹이로 먹는 열매에 함유된 카로티노이드와 멜라닌 등 색소 단백질이 빨강, 노랑, 초록, 검정의 깃털을 만든다. 신비로운 점은 같은 먹이를 먹어도 새마다 털빛이 다르다는 것. 또한 깃털의 미세한 구조로 빛의 산란을 이용해 깃털 색이 다르게 보인다. 파랑새가 그 예이다.

고 새소리를 듣는 경험을 조금씩 쌓으면서, 지금 아는 것보다 조금 더 자연에 대한 시야를 넓힌다면 꽤 괜찮은 탐조라고 할 수 있지 않을까.

6월 8일

인공 둥지에 두 번째로 알을 낳은 박새는 네다섯 마리의 새끼를 키우고 있다. 전에는 새끼 새가 한 마리뿐이었는데, 둥지에 여러 마리가 꽉 차게 모여 있으니 왠지 부자가 된 기분이다. 그런데 아무리 조심해도 둥지를 열 때마다 어미 새와 눈이 마주치는 건 마찬가지다. 번번이 어찌나 미안하던지. 분명히 어미 새가 외출하는 걸 확인하고 열었는데, 새끼의 똥을 물고 나가려던 아비 새랑 마주치기도 했다. 좋은 일한다고 시작했는데, 박새 가족의 사생활에 이렇게 끼어들고 있으니…… 부디 이 모니터링으로 얻은 결과가 도시의 새들에게 조금이라도 도움이 되는 환경 정책으로 돌아오기만을 바랄 뿐이다.

창틀에 날아와 나란히 앉아 먹던 박새 부부의 달콤한 모습은 5월 초 이후로는 볼 수 없었다. 요즘은 암컷만 보인다. 암컷은 날개에 특징이 있어 알아볼 수 있는데, 입 짧은 수컷은 다른 박새와 구분이 어려워 오는지 안 오는지 모르겠다. 암컷은 육아 중에도 거의 매일 혼자 와서 모이를 먹고 간다. 다만 요즘은 참새들 때문에 기분이 좀 안 좋아 보인다. 한참 식사하는데, 어린 참새들이 짹짹거리며 제집인 양 창틀을 헤집고 다니면 암컷 박새가 "캬- 캬-" 소리치며 신경질적으로 화를 낸다. 박새만 이러는 건 아니다. 평소 화낼 때도 입만 뻥긋거릴 뿐 소리 내는 걸 본 적 없는 얌전한 곤줄박이도 어린 참새들에게는 질린 것 같다. 참다못한 곤줄박이가 뭐라고 알아듣기 힘든 소리를 중얼거리자, 참새들이 휘리릭 도망갔다. 공중교육은 새들에게도 필요한 것 같다.

6월 10일

아침 6시 15분쯤 물 마시며 창밖을 보니, 참새 한 마리가 길바닥에서 통통 튀면서 대벌레들을 간식 먹듯이 주워 먹고 있었다. 행동이 잽싸지 못한 대벌레는 참새에게 손쉬운 먹이이다. 창틀에 오는 어린 참새들은 이제 부리 옆의 노란색만 빼면 어른 참새와 별반 다르지 않아 보인다. 어느새 자기들끼리 무리를 지어 다닌다. 어른 참새는 아주 가끔 한두 마리 끼어있는 정도이다. 그렇게 한 무리가 몰려와서는 모이가 떨어지면 이상하다는 표정으로, 창틀을 마구 헤집으며 '해바라기씨를 내놔라' 하는 듯이 버티고 있다. 뭔가 이상하다. 오늘 보니 요 녀석들이 우리 집 창틀에서 주인 행세를 하고 있다.

'어미는 어디로 가고 왜 내가 이 녀석들을 뒷바라지하는 느낌이 드는 거지?'

엊그제부터 박새와 쇠박새가 부쩍 많이 보인다. 아마도 번식이 끝난 녀석들인가 보다. 특히 쇠박새 중엔 행색이 꾀질꾀질해 보이는 녀석이 많다. 보통 번식 후에 털갈이한다는데 그 때문일 수도 있다. 오늘 영상을 정리하며 지난 3월 영상을 몇 개 열어봤는데, 박새와 쇠박새가 너무 말끔하고 이뻐서 깜짝 놀랐다. 결혼 전후 우리의 모습이 저런가?

6월 12일

인공 둥지에 새끼가 태어나면 둥지 관찰이 수월해진다. 먹이를 물어 나르느라 부모 새가 자주 집을 비우기 때문이다. 이번엔 부모 새가 모두 나간 것을 '확실히' 확인하고 둥지를 열어 사진만 찍고 얼른 닫았다. 사진을 확인해 보니 모두 세 마리였다. 더 많은 줄 알았는데 잘못 본 걸까? 어쨌든 잘 자라고 있는 것 같다.

지난달 내 신발을 타고 오르던 어린 대벌레들도 더 자랐고, 그래서 조금 더 징그러워졌다. 참새들이 대벌레를 먹어줘서 다행인데 문제가 있다. 창틀에 자꾸만 대벌레를 물고 온다! 전에 모이를 먹으러 와서 둥지 짓는 데 쓸 풀 줄기를 두고 간 것처럼, 이번엔 대벌레를 물고 왔다가 해바라기 씨만 먹고 가기 일쑤다. 새들이 두고 간 대벌레는 분명 죽은 것 같다가도 얇고 긴 다리가 꽤 오랫동안 꿈틀거렸다. 요즘 영상에는 새들보다 다리를 꿈틀대는 대벌레가 더 많이 담겨 있다.

"얘들아, 제발, 대벌레는 그만 좀 물고 오렴. 가져왔으면 까먹지 말고 가져가면 안 되겠니?"

6월 13일

새들의 번식기는 곧 벌레(먹이)들의 활동기다. 돌이켜보면 벌레들이 집에 종종 들어온 시기는 늘 초여름쯤이었다. 그렇게 들어오는 불청객 중에서도 갈색여치는 정말이지 골치가 아프다. 여러 날째 건물 복도 천장에 붙어 떠날 줄 모르고, 계량기 안에도 한 마리가 자리를 차지했다.

며칠 전, 남편이 "이제 갈색여치는 걱정하지 말라"며 큰소리쳤다. 보기만 해도 무서워서 뒷걸음치는 남편이 웬일인가 싶었다. 오늘 도착한 택배 상자 안에 솔이 달린 기다란 집게가 들어있었다. 손잡이에 힘을 주어 꽉 잡으면 솔이 쫙 벌어지고, 힘을 푸니까 다시 솔이 오므라들었다. 벌레를 죽이지 않고 살짝 집어서 집 밖으로 옮길 수 있는 도구였다. 지금껏 큰 병을 엎어 가둔 후 바깥으로 던져버리는 식으로 갈색여치를 잡았다. 그게 안 통할 땐 저세상으로 보내는 수밖에 없었다.

이 일은 우리 부부에게 굉장한 공포이자 스트레스였다. 남편이 얼마나 고심하며 인터넷을 뒤졌을지 충분히 짐작이 갔다. 주문한 도구를 들고 남편과 용기를 내서 복도로 나갔다. 여기저기 붙어있는 갈색여치를 각자 한 마리씩 집어 바깥으로 옮겼다. 녀석과의 거리가 좀 생기니까 스트레스가 덜했다. 그래도 가장 좋은 건 이걸 쓸 일이 없게 되는 것이다. 결국 시간이 해결해 줄 일이지만.

6월 15일

며칠 전부터 갑자기 소음에 시달리고 있다. 지난달 말 윗

120

집에 사는 건물 주인이 선물 꾸러미를 들고 찾아왔다. 곧 인테리어 공사를 할 예정이라면서 시끄러워도 이해해 달라고 했다. 사다리차가 우리 집 창문 옆으로 오르내리며 쓰레기 더미를 옮기는 것까지는 참을 만했다. 그런데 오늘은 아침부터 엄청난 진동과 함께 소음이 들렸다. 마치 뇌를 긁는 듯한 소음을 참으며 겨우겨우 그림 작업을 했다. 점심때가 되어 밥을 먹으니, 인부 아저씨들도 식사하는지 소음이 멈췄다. 세상이 이리 조용하다니! 그제야 좀 살 것 같았다. 하지만 설거지를 마치고 다시 작업을 시작하자마자 또다시 소음이 들려왔다. 아저씨들의 공사 루틴과 나의 작업 루틴이 딱딱 맞는군.

소음 속에서 새들의 하루는 어땠을까. 영상을 보니 참새들은 아랑곳없이 몰려와 모이를 먹었다. 곤줄박이는 조금 당황한 모습이었지만 대체로 평상시처럼 먹었다. 어쩌다 탁, 우당탕 같은 큰소리가 나면 화들짝 놀라 달아나긴 해도, 지속적인 소음에는 '그런가 보다' 하고 적응하는 듯했다. 뭐, 잠깐 와서 밥 먹고 제집으로 가는 녀석들이 하루 종일 공사 소음을 고스란히 들어야 하는 나보다 스트레스가 클까.

어치들이 털갈이를 시작했다. 날개깃이 벌어지고 흩어져 있었다. 하루에 오는 횟수도 줄고 아예 안 오는 날도 있다. 기껏 공들여 누가 누구인지 개체를 구분해 두었는데, 석달 만에 원점으로 돌아가는 듯하다. 마음을 비워야겠지. 어치의 새로운 깃털이 어떤 모습으로 자랄지 아직 모르니 일단은 지켜보자.

요즘 하루에 한 번씩 멧비둘기가 온다. 처음 나타난 건 5월 말인데, 한동안 안 보이다 일주일 전부터 꾸준히 오고 있다. 어치나 직박구리처럼 쌩하고 날아와 가볍게 착지하는 게 아니라, 푸드덕하며 날아와 크고 통통한 발로 간신히 균형을 잡는다. 나는 비둘기의 작은 머리와 통통한 몸이 만들어내는 우아한 실루엣을 좋아한다. 몸이 통통해서 다른 새들에 비해 굼떠 보이지만 해바라기씨를 먹는 속도와 정확도만큼은 전혀 굼뜨지 않았다. 아니, 똥그란 눈을 열심히 깜빡이며 벽돌에 놓인 해바라기씨를 주워 먹는 속도가 다른 새들에 비할 바가 아니었다. 콕콕콕콕 콕콕콕콕…… 쉬지 않고 모이를 쪼아 삼키

앞으로
잘 부탁드려요!

후훗

니까 해바라기씨는 금세 동이 났다. 이 속도라면 하루에 한 바가지도 먹을 기세다. 시골 농부들이 멧비둘기를 싫어한다고 들었는데, 녀석의 먹성을 보니 이해가 된다.

6월 19일

인공 둥지에 묘한 변화가 감지되었다. 새끼 수가 점점 줄어들었다. 처음에 네다섯 마리로 보였던 새끼가 사진을 찍은 날에는 세 마리뿐이었고 오늘 보니 한 마리밖에 없다. 잘 크는 것 같았는데 두 마리가 왜 안 보이지? 이런저런 불안한 생각들이 머릿속을 스쳐갔지만 어쩌면 성장이 빠른 새끼들이 먼저 이소했을 수도 있다. 새끼들의 이소는 같은 날 이뤄지기도 하지만, 성장 속도가 다른 경우 먼저 둥지를 나서는 새끼들도 있다. 찜찜한 마음은 있지만, 나쁜 쪽보다는 좋은 쪽으로 생각하기로 했다.

6월 20일

오늘 창틀에 새로운 귀염둥이가 등장했다. 드디어 새끼 박새가 찾아온 것이다! 사실 혼자 다닐 만큼 몸집이 커져서 새끼라고 하기는 좀 뭣하지만, 어린 새 특유의 호기심, 순수함, 어리바리함으로 무장하고 있어서 내 눈엔 충분히 귀엽다. 박새는 보통 깃털이 하얗고 까만 쨍한 색감인데 어린 박새는 전체적으로 누런색을 덧입힌 파스텔톤 느낌이라 따뜻하고 보송해 보인다.

몇 년 전 복도 창문으로 들어온 어린 박새를 밖으로 내보내 줬던 적이 있다. 그날 이후 어린 박새를 가까이서 자세히 보는 건 오늘이 처음이다. 이게 새끼 참새와는 또 다른 느낌이다.

문득 며칠 전 창틀에 나타났던 쇠박새 한 마리가 생각났다. 유난히 보송한 녀석이라 귀여워서 따로 저장해 놓았다. 그땐 새끼 쇠박새일 거라고 미처 생각하지 못했는데, 오늘 새끼 박새와 비교해 보니 같은 '보송함'이다. 생김새는 어른 쇠박새와 거의 비슷하지만 다리 색이 연하고 매끈한 게 새끼가 확실했다. 어른 새도 귀엽고 사랑스러운데, 새끼 새들의 귀여움과 보송함은 어쩌란 말인가.

6월 23일

장마가 시작되었다. 털갈이 중인 어치가 비를 맞으니, 꼴이 말이 아니다.

참새들은 빗속에도 대벌레를 물고 와서는 해바라기씨만 먹고 돌아간다. 건망증이 이렇게 한결같을 수가! 잠깐, 참새들이 혹시 일부러 대벌레를 놓고 가는 게 아닐까. 부모 참새가 혹시 뒤에 오는 새끼들 먹으라고? 마치 밥상에 밥 차려 놓고 외출하는 엄마처럼 말이다.

'햐! 이런 고단수라니!'

어린아이들이 입 주위에 밥풀을 묻히고 먹듯이, 어린 참새는 부리 주위에 대벌레 다리를 묻히고 다닌다. 같은 상황이니 분명 귀여워야 할 텐데 좀 호러 분위기가 난다. 창틀에 모이를 좀더 채워주려고 창문을 열었다가 꿈틀대는 대벌레 때문에 놀란 적이 한두 번이 아니다. 게다가 윗집 인테리어 공사는 비가 오는 날도 쉬지 않는다. 나의 막바지 책 그림 작업은 대벌레와 공사 소음과 함께하고 있다.

6월 25일

인공 둥지에 홀로 남았던 새끼 박새도 둥지를 떠났나 보다. 부모 새를 따라 잘 적응하고 있겠지? 장마철이라서 더 걱정된다. 인공 둥지에서 짧은 기간 동안 두 번이나 번식을 치르다니 흔치 않은 경험이다. 내 둥지는 2차 번식을 모두 마쳤지만, 카페에는 아직도 여러 둥지의 소식들이 올라온다. 알이 보인다거나 새끼 새가 태어나 자라고 있다는 내용이다.

안타까운 일도 꽤 보였다. 알자리를 멋지게 만들어놓고도 번식으로 이어지지 않은 경우, 꼬물거리던 새끼 새가 며칠 뒤 일부 또는 모두 사라진 경우, 자라는 도중 일부가 또는 모두가 죽은 경우, 잘 자랐는데도 이소에 실패해 죽은 경우, 둥지를 청소하다 새끼 새의 사체를 뒤늦게 발견한 경우. 이렇게 생각지 못한 소식들을 접하자, 새들의 번식기를 조금이나마 이해하게 됐다. 이 과정이 태어남과 죽음이 한데 얽혀있는 우리 삶의 모습을 축약한 듯해서 숙연해진다.

6월 26일

2차 번식까지 마친 인공 둥지를 청소하는 날이다. 쓰레기 봉지와 청소 도구를 챙겨 혼자 나서려다가 혹시 둥지에 벌레라도 있으면 무서울 것 같아, 주말이라 쉬고 있는 남편을 끌고 갔다. 그동안 부모 새가 열심히 드나들었던 둥지 입구에는 박새의 작은 발자국이 여러 군데 묻어있었다. 인공 둥지는 작은 나무 상자일 뿐인데, 이곳에서 새로운 생명이 연달아 태어나 숲으로 갔다. 놀랍고 신기한 일이다. 제일 애쓴 건 물론 박새 부부지만 나무 둥지도 애썼다. 둥지 지붕의 낙엽과 먼지를 솔로 쓸어냈다. 그리고 둥지 문을 열어 내부를 청소하기 시작했다. 가볍게 쌓여 있는 것 같았던 이끼는 의외로 쉽게 떨어지지 않아 도구를 이용해 긁어내야 했다(역시 튼튼하군). 둥지 모양 그대로 네모나게 뭉쳐진 이끼를 바닥에 내려놨다. 혹시나 부화하지 못한 알이 아직 남아있지 않을까 해서 좀 뒤져봤다.

"야호!"

하나가 남아있었다. 벌레들을 물리치며 둥지를 관찰한 보상을 받는 기분이다. 깨지지 않게 주머니에 잘 넣어 집으로 돌아왔다.

알을 책상에 놓고 요리조리 살펴보며 사진을 찍었다. 크기는 긴 쪽이 약 1.7cm였고 한쪽이 갸름한 물방울 모양이었다. 박새의 덩치를 생각하면 작은 크기는 아닌 것 같다. 손가락으로 살살 쓰다듬었다. '어떤 이유로 부화하지 못했을까.' 태어나지 못한 생명에 숙연한 마음이 들었다. 선반에 놔뒀던 도토리 열매 뚜껑에 솜을 깔아 알을 살포시 올려두었다. 나름의 애도이다.

6월 28일

어치를 확실히 구분하는 게 더는 불가능해졌다. 본격적인 털갈이로 날개깃은 더 듬성듬성해졌고 비라도 쫄딱 맞고 오면 누가 누구인지 전혀 알아볼 수가 없다. '어짱, 어돌, 어잘, 어선, 어끝, 어연, 어리, 어삼, 어중, 어쭈, 어블' 각각의 이름으로 영상을 저장하던 파일도 이제는 그냥 '어치'라고만 저장한다. 개체 구분을 하며 어치와 마음의 거리가 가까워지는 듯싶었는데, 이제는 다시 멀어진 기분이다. 이름을 불러줄 수 없고, 마치 처음 본 새처럼 그냥 어치라고 하니 씁쓸하다.

쇠박새는 6월 10일 이후 창틀에 들르는 횟수에 변화가 없는데, 박새는 며칠 전부터 방문 횟수가 부쩍 늘었다. 배 부분의 검은 무늬가 다른 걸 보니 새로 온 어린 박새가 있는 것도 같다. 혹시 형제들일까? 박새들은 처음 창틀에 나타났을 때보다 조금 똘똘해 보이고 어른 박새처럼 성질내는 모습도 보였다. 박새의 파이터 기질은 어릴 때부터 나타나는가 보다. 어린 박새와 참새가 이젠 사람으로 치면 중학생 정도로 자란 것 같다.

그런데 참새가 2차 번식을 했는지, 엊그제부터 중학생들 틈으로 짹짹거리는 유치원생이 보인다! 또다시 이어진 짹짹

소리, 창틀은 언제쯤 평화를 찾을 수 있을까.

6월 30일

비가 많이 왔다. 부슬비였다가 천둥이 치고 굵은 빗줄기가 갑자기 쏴 쏟아졌다. 잠시 비가 그친 틈에 얼른 밖으로 나가 동네를 기웃거려 봤다. 인공 둥지 근처 수로에는 새벽부터 산에서 내려온 빗물이 작은 폭포처럼 흘러내리고 있었다. 비 오기 전에 둥지를 청소하길 잘했다.

오늘처럼 날씨가 궂은 날은 먹이 구하기가 쉽지 않을 테니 부지런히 모이를 채워 놓았다. 빗줄기로 창틀 안쪽 해바라기씨와 땅콩 조각이 눅눅해졌다. 그래도 새들은 개의치 않고 잘 먹었다. 오전에 비가 잦아들 때 들른 까치는 홀딱 젖은 모습이었다. 배가 고팠는지 아몬드를 한입 가득 물어 갔다. 이후에 온 새들은 보송한 모습이었으나, 오후에 다시 세찬 비가 내렸다. 어린 박새는 비를 고스란히 맞으면서 모이를 먹고 갔다. 조금만 뒤로 가면 먹는 동안에는 비를 맞지 않을 텐데, 왜 모를까, 안타까웠다.

비가 그치자, 참새가 또 대벌레를 물고 들렀다. 제 새끼를 찾는 건지 두리번거리다 그냥 갔다. 그리고 저녁 무렵 또 비

가 쏟아졌다. 어른 참새들은 온통 젖었지만, 희한하게도 어린 참새들은 비를 별로 안 맞은 듯했다. 어미 참새의 특별한 가르침이 있었나? 낮에 왔던 어린 박새에게도 참새가 비 피하는 방법을 가르쳐주면 좋을 텐데.

7월

새들을 시험에
들게 하지 말지니

7월 3일

동백이가 돌아왔다!

4월 25일이 마지막이었으니 두 달 하고도 일주일만이다. 번식이 힘들었는지, 털갈이하느라 그런지 꼴이 말이 아니었다. 몸통 털은 듬성듬성, 꽁지깃도 몇 개 없다. 머리털은 할아버지처럼 희끗희끗했다. 해바라기씨를 먹기도 하고 물어 나르기도 하며 아침 일찍부터 아홉 번이나 다녀갔다. 동선이는 번식 기간에도 여러 번 들렀는데 동백이는 왜 이제야 왔을까. 번식은 잘 끝냈나? 번식할 둥지를 마련하느라 동미랑 꽤나 고생하는 듯했는데……. 오랜만에 보니 정말 눈물 나도록 반가웠다. 이제 암컷들만 다시 오면 '창틀의 동고비 멤버들'은 완전체가 된다.

번식을 끝낸 새들은 마치 전쟁터에서 돌아온 병사처럼 보였다. 털갈이도 하고 체력도 보충해야 하니까 우리 집 창틀이 녀석들에게 요긴한 먹이터일 것이다. 그런데 지금 창틀에는 다른 새들이 피하고 싶어 하는 존재가 있다. 바로 어린 참새들이다. 녀석들은 보통 여러 마리가 몰려오는 데다 창틀을 제집처럼 여기며 동작도 활발하다. 기운 없는 어른 새들은 어린 참새들의 기세에 눈치를 보며 웬만하면 마주치려 하지 않는 것 같다. 봄에는 그리도 당당한 모습이더니만, 지금은 스스로가 약해진 상태라는 걸 알고 조심스럽게 행동한다. 왠지 짠하다.

7월 5일

며칠 전 폭우가 내린 뒤로 대벌레들이 눈에 띄게 줄었다. 집 근처에 주차된 자동차 타이어마다 바글거렸는데, 이제는 한 마리나 보일까 말다. 빗물에 대벌레알과 유충들이 쓸려나간 탓이다. 새들이 아무리 열심히 잡아먹어도 폭증한 개체 수를 줄이기는 힘들어 보였는데 폭우 한 번에 싹 정리가 되다니, 자연의 막강한 힘을 새삼 실감했다. 다만 올해는 '으악' 비명을 들을 수 없을 것 같아 살짝 아쉽다. 지난해 여

름에는 밤이면 대벌레에 놀란 사람들 목소리가 납량물 효과
음처럼 들려오곤 했는데, 큭.

비가 그치고 기온이 오르자, 참새들은 입을 벌리고 나타
났다. 목이 말라서다. 올해 태어나 창틀에 익숙한 어린 참새
들은 자연스럽게 창틀에 놓인 '명함 물통'에서 목을 축였다.
하지만 어른 새들이 이 물을 먹는 모습은 한 번도 본 적이
없다. 요즘은 어린 참새들을 보고 있으면 어쩌다 '창틀 키즈'
가 돼버린 것 같아 좀 걱정스럽다. 창틀 모이에만 너무 의존
하고 창틀에 모이가 다 떨어져야만 바깥으로 나가 흙바닥을
뒤지는 모습이 보였기 때문이다. 어떡하지, 나 때문에 어린
참새들이 야생성을 잃어버리면? 찜찜한 마음에 어제부터는
참새가 먹기 힘든 아몬드와 땅콩을 좀더 놓고, 해바라기씨
는 양을 줄였다. 해바라기씨가 다 떨어지자, 쇠박새와 이런
박새가 아쉬운 듯 아몬드를 물고 갔다. 어치와 곤줄박이를
제외하고는 모두 해바라기씨를 선호하는 것 같아서 고민이
다. 원래대로 해바라기씨를 늘려야 할까.

7월 8일

지난해에는 물까치의 '꾸엥' 소리를 실컷 들었는데 올해는

많이 들을 수 없어서 아쉽다. 물까치 소리가 안 들리는 걸 보면, 우리 집 근처에는 물까치의 번식처가 없는 것 같다. 4월에 물까치가 실외기 쪽을 기웃거리기에 가슴이 철렁했는데 다행이었다. 지난해에 어느 물까치 부부가 우리 건물 실외기에 둥지를 틀었다가 이소 중에 새끼를 잃었다. 그 물까치 부부가 다시 나타나자 행여나 같은 자리에 둥지를 틀고 번식할까 봐 내심 걱정했었다. 그래서 만약 올해 똑같은 일이 벌어지면 새끼들의 이소를 어떻게 도울지 구체적으로 생각해 두기도 했다. 그런데 그냥 다녀간 거라면…… 새끼를 낳고 기르다 잃어버렸던 옛 둥지를 다시 한번 보고 싶었던 걸까. 내가 가끔 신혼집을 떠올리는 것처럼.

7월 9일

번식을 마친 새들과 올해 태어난 새들까지 모이니 창틀의 견과류가 남아나질 않는다. 그동안 새들의 주 모이인 해바라기씨는 저렴한 상품을 인터넷으로 주문하고, 땅콩과 아몬드, 호두는 우리 부부가 먹는 것을 나눠주고 있었다. 그런데 창틀에 놓는 양이 점점 늘어나니까 조금 부담스러워졌다. 이제는 질보다 양이다. 마트에서 최대한 저렴한 것을 사거나

1+1 상품이 보이면 얼른 쟁여놓는다. 그나저나 요 며칠 해바라기씨 양을 줄였더니 '창틀 키즈'인 참새들이 예민해진 듯하다. 서로 다투고 시비 거는 듯한 모습이 자주 보였다. 야생성을 키워주기 위해 모이를 줄인 게 잘하는 건지 모르겠다. 참새들은 가을이 되면 먹이가 많은 농촌으로 이동한다던데 도시의 참새들도 농촌으로 이동할까? 이 근처에 농촌이 있던가? 만약 참새들이 가을에 떠나간다면 지금 잘 먹어둬야겠지? 아무래도 해바라기씨는 원래 주던 만큼 줘야 할까 보다.

7월 10일

멧비둘기가 갈수록 창틀을 제집처럼 편하게(만만하게) 여기는 것 같다. 어제는 해바라기씨를 실컷 먹은 후 물까지 마시고 갔다. 참새와 달리 물속에 부리를 담근 채 꿀꺽꿀꺽 마셨다. 참새는 물속에 부리를 콕 한 번 담갔다 고개를 쳐들고 '놈놈놈놈' 하며 먹는데 말이다.

물통이 투명한 플라스틱 재질이어서 참새들이 가끔 안과 밖을 구분하지 못할 때가 있다. 물 마시려는 자세로 천천히 부리를 담갔다가 막상 물이 없으니 이상하다는 표정을 지으며 다시 물통을 쳐다본다. 어떤 때는 물통 밑에 깔린 해바라기씨를 먹으려고 연거푸 물속으로 머리를 집어넣을 때도 있다. 분명 눈앞에 보이는 해바라기씨가 부리에 잡히지 않으니, 머리를 갸웃거리며 황당해한다. 그 모습이 재미있기도 하고 꽤 귀엽다. 물통에 색 테이프를 붙여 구분하기 쉽게 해줄까 하다가 그대로 놔두기로 했다. 요 귀여운 모습을 당분간 더 보고 싶다.

7월 12일

오늘 어린 곤줄박이가 왔다. 곤줄박이는 목에 검은색의 줄이 있는 새이다. 이름에서 '곤'은 까맣다는 뜻의 '곰'에서 유래했고, '박이'는 일정한 장소에 박혀있다는 의미이다. 하지만 새끼라서 그런지 목의 검은 줄보다는 몸통 여기저기가 연한 주홍빛인 게 더 눈에 띄었다. 전체적으로 흐리멍덩한 색감이 귀여웠다. 하지만 아쉽게도 녀석은 창틀을 휙 둘러보고는 금방 날아갔다.

SNS에서는 손바닥에 곤줄박이가 앉아 있는 사진이 곧잘 보였다. 곤줄박이는 사람 손에 있는 모이를 가지러 오는 모습으로 유명한 새다. 그렇기 때문에 경계심이 적은 새라고 생각했는데, 창틀에 모이를 먹으러 오는 모습을 보면 의외로 조심성이 많아 보였다.

또 '베베' 하는 명랑한 소리와는 달리 성격도 차분한 듯하다(곤줄박이에 비하면 박새와 동고비는 그야말로 '파이터'다). 곤줄박이를 보면서 내내 의아했다. 조심성이 많고 차분한 성격의 새가 사람 손에 덥석덥석 올라가는 게 말이 되나?

그동안 지켜본 곤줄박이는 맛있는 먹이에 대한 집착이 강했다. 쇠박새와 동고비가 해바라기씨를 한 개라도 더 많이 물어가려고 여러 개를 물었다 놨다 했다면, 곤줄박이는 더 맛있는 해바라기씨를 고르는 듯 하나하나 입질하며 맛을 보는 듯했다. 그리고 땅콩과 아몬드를 같이 놓아둔 날에는 해바라기씨는 물어가지 않았다. 가끔 호두가 놓인 날은 꼭 호두를 물어갔다. 우리 집에 오는 서너 마리의 곤줄박이만 관찰했을 뿐이니 모든 곤줄박이의 성격이 어떻다고 말하긴 조심스럽지만, 어쨌든 다섯 달째 방구석 탐조 중인 '고인 물 초보 탐조가'는 곤줄박이에게 '미식가', '맛 좀 아는 새'라는 태그를 붙이고 싶다.

오늘은 호두가 싱싱하군요!

7월 14일

새들의 털갈이가 한창이다. 까치는 턱과 목덜미에 살이 군데군데 드러나 볼품없고, 동고비도 온몸이 엉망진창이다. 다행히 '동백이'는 흰색의 첫째날개덮깃으로 알아볼 수 있지만, 나머지 동고비들은 이제 전혀 구분할 수가 없게 됐다. 엊그제 왔던 동고비는 배 쪽 흰 털이 별로 남아있지 않았고 옆구리 갈색 털도 흔적만 있었다. 아무래도 몸이 약해져서일까? 이전의 동고비들은 당당해 보였는데, 요즘은 주위를 굉장히 살피고 조심스러워하는 모습이다.

털갈이 덕분에 새롭게 발견한 것도 있다. 바로 참새의 귀! 일주일 전쯤 참새 한 마리의 왼쪽 얼굴 털이 빠져있었다. 그래서 눈 아래쪽으로 작은 구멍이 보였는데, 혹시 이게 귀? 사람과 다르게 새의 귀는 귓바퀴 없이 눈구멍만 한 크기로 구멍만 휑하니 뚫려있었다. 오늘 그 녀석을 우연히 다시 발견했는데, 그새 털이 자라 귓구멍은 거의 안 보였다. 내친김에 참새의 귀에 대해 찾아봤다. 낮말은 새가 듣고 밤말은 쥐가 듣는다더니 그 말이 진짜 맞나 보다. 조류의 청력은 인간과 비슷한 수준인데, 평생 유지된다고 한다. 귀에 이상이 생겨도 청력을 좌우하는 세포가 재생된다는 말이다.

'우와, 참새는 늙어도 보청기가 필요 없겠구나!'

참새의 귓구멍에 이어 어치의 콧구멍도 봤다. 부리에 털이 덥수룩하게 난 부분이 있는데 여기 털이 빠지니까 동그란 콧구멍이 그대로 드러났다. 턱 밑의 털도 몇 가닥 없고 콧구멍과 눈 주위 털까지 모두 빠지니까 어치는 점점 못난이가 되어가고 있다. 정말 깃털 하나 남김없이 온몸의 털을 싹 갈아치우는 걸까? 털갈이에 대해 별생각이 없었건만, 한 달 반이 되도록 여전히 진행 중인 어치의 꼼꼼한 털갈이를 보고 있자니, 새들에게 털이 얼마나 중요한 부분인지 새롭게 느껴졌다.

짹짹 ---

새의 청력은 놀랍다! 새의 가청 범위는 인간의 청력을 넘어서는 초음파 영역, 즉 '들리지 않는' 소리를 감지한다. 소리의 음조, 음색, 선율의 변이에 민감해서 소리로써 동종의 새를 식별할 뿐 아니라 시끌벅적한 난장판 속에서도 무리의 특정 개체까지 구별한다. 그러나 높아지고 강력해지는 자동차 경적, 기계음 등 도시의 소음에 새소리는 묻히고, 암컷은 수컷의 소리를 분간하지 못하는 등 도시의 새들은 짝짓기는 물론 여러 어려움에 노출되어 있다. (《새들의 방식》, 제니퍼 애커먼, 조은영 옮김, 까치)

7월 16일

오늘 끔찍한 일이 있었다. 새가 유리창에 충돌하는 장면을 눈앞에서 보고 말았다. 늘 그랬듯이 창문가 테이블에 앉아 바깥 풍경을 보며 점심을 먹고 있었다. 길 건너 나무에 빨간 모자를 쓴 듯한 큰오색딱따구리가 활기차게 먹이 활동을 하고 있었다. 저나 나나 밥을 먹어야 살지 생각하며, 창에서 시선을 돌리려는데 갑자기 쿵 소리가 났다. 큰오색딱따구리가 창문에 부딪힌 것이다. 창문 밑을 내려다보니 바닥에 떨어져 있었다. 얼른 종이 상자를 들고 내려갔다.

'죽지는 않았겠지? 안전한 데로 옮겨야겠다.'

큰오색딱따구리는 내가 다가가기 전에 정신을 차렸다. '꾹 꾹꾹' 소리를 내며 산 쪽으로 날아갔다. 이 집에 7년째 살지만 처음 겪는 일이었다. 녀석이 왜 창문으로 돌진했을까 생각하다가 혹시 창문에 붙은 작은 스티커를 먹이로 착각했나 싶어서 바로 떼버렸다. 진짜 그런 거라면 너무나 미안했다. 문득 오늘만 그랬을까, 의심도 들었다. 내가 못 본 사이 이미 여러 번 이런 일이 일어났을지도 모른다. 도롯가 방음벽뿐만이 아니라 당장 내 집의 유리창에도 새가 충돌할 수 있다니! 조류 충돌 방지 필름을 붙여야 했다. 우리 집에서 바깥 풍경을 볼 수 있는 유일한 창이라서 좀 망설여지지만 그래도 눈앞에서 새가 충돌하는 것을 본 이상 어쩔 수 없다. 어차피 창밖 풍경이 아름다운 건 큰오색딱따구리 같은 새들이 있어서니까.

7월 18일

인공 둥지 모니터링은 아직 끝나지 않았다. 지역에 따라 8월 말까지 번식이 관찰될 가능성도 있어서 주기적으로 둥지를 방문해 살펴야 한다. 지난달 둥지를 청소했지만, 그 뒤로 비가 자주 와서 곰팡이가 폈을 수도 있다. 카페에는 빈 둥지에 까만 벌레가 잔뜩 있어서 열어보기가 무섭다고 토로하는 글도 올라와 있었다. 내심 겁이 났다. 남편한테 같이 가자고 하고 싶지만, 요 며칠 사소한 일로 서로 삐져 있는 상태라서, 이런 부탁을 하기엔 자존심 상했다.

마음을 단단히 먹고 인공 둥지로 출발! 조심스럽게 둥지 문을 열었다. 다행히 벌레는 없었다. 대신 뿌연 거미줄이 가득하고 안쪽에 크고 새까만 거미가 보였다. 거미도 나처럼 놀랐는지 둥지 밖으로 날름 도망치길래 잘됐다 하고 나뭇가지를 주워 대충 거미줄을 걷어냈다.

7월 19일

촬영을 반나절씩만 하는 터라, 그동안 멧비둘기는 창틀 먹이터에 자주 오지 않는 줄만 알았다. 알고 보니 적어도 세 마리 이상이 제법 자주 찾아오고 있다. 또 여태껏 멧비둘기가 그냥 먹성이 좋다고만 생각했는데, 아뿔싸!

어제 영상에서 그간 멧비둘기에게 지니고 있던 나의 호의가 순식간에 사라지는 배은망덕한 모습을 보고 말았다. 창틀에 놓인 해바라기씨가 동나자, 녀석들은 땅콩 알과 아몬드를 통째로(!) 삼키기 시작했다. 한두 알씩 나눠 먹는 새들의 식당에서 폭식이 웬 말인가. 커서 못 먹을 줄 알았는데 꿀떡꿀떡 잘만 삼켰고, 알이 너무 커서 삼키기 힘든 아몬드와 땅콩은 그대로 뱉어 버렸다. 이런, 일종의 배신감이 느껴졌다. 그동안 어치나 까치, 박새, 곤줄박이 들이 물고 가는 줄 알고 모이를 열심히 채워두었건만, 모두 멧비둘기가 먹어 치우고 내다 버린 거였다니!

어째 요즘 모이가 금방금방 떨어진다고 했더니 이 녀석들 때문이었나 보다. 아, 여러 새와 함께 먹으려고 산 땅콩과 아몬드가 모조리 이 녀석들의 배 속으로 들어갔다고 생각하니 갑자기 속이 쓰려왔다.

하늘인 줄 알았더니 아니네!

깜빡 속을 뻔

7월 20일

윗집 인테리어 공사가 끝난 줄 알았더니 오전에 사다리 차로 무언가 한 짐 올라간 뒤 굉장한 소음이 들려왔다. 아마 테라스를 손보는 듯했다. 너무 시끄러워 점점 신경질이 올라왔는데 다행히 공사 시간은 길지 않았다.

그림 작업을 마무리하고 개운한 마음으로 산책에 나섰다. 세상에! 윗집 테라스를 올려다보니 테라스 삼면이 투명한 재질로 바뀌었다. 우리 집 창에도 부딪혔는데, 한 층 더 높이 있는 투명 테라스를 피할 수 있을까. 가슴이 답답했다. 며칠 전 유리창에 부딪힌 큰오색딱따구리 때문에 아직도 마

144

음이 좋지 않은데 말이다. 주문한 조류 충돌 방지 필름은 도착했지만 혼자서는 붙일 수 없어 남편이 쉬는 주말만 기다리고 있다.

저녁에 영상을 확인했다. 털갈이로 꼴이 엉망이라 어치들을 구분하지 못하는 게 새삼 짜증이 났다. 그동안 저장한 영상을 뒤져보기로 결심했다. 털갈이 전과 후를 비교하기 위해 하나하나 캡처해 살펴보았다. 피곤한 작업이지만 예민해진 신경을 누그러뜨리려면 뭔가 집중할 거리가 필요했다.

먼저 털갈이가 어느 부위부터 시작돼 어떤 순서로 진행됐는지 한 마리씩 훑어봤다. 5월 중순에 둘째날개깃에 변화가 보이기 시작하더니 5월 말부터 첫째날개덮깃과 첫째날개깃이 벌어졌다. 털갈이는 6월 내내 서서히 진행됐다. 일부분만 빠지고 다시 자라며 채워지는 식이어서 드라마틱한 털갈이는 아니었다. 다만 어치들을 구분하는 데 이용했던 날개깃이 한두 개씩 빠지고 새로 나면서 무늬가 달라져 버렸다. 그래서 어치들을 알아보지 못한 것이다. 눈에 띄는 변화는 7월 초에 머리털이 빠지면서 시작됐다. 털에 가려져 있던 콧구멍이 드러났고, 지금은 대머리수리처럼 머리가 벗겨져 있다. 못난이가 되어가는 모습을 천천히 추적하다가 결국 '어점이'를 다시 알아보게 됐다. 얼마 전부터 새로 보이던 어치가 알고 보니 전부터 찾아오던 어점이었던 것이다. 어치를 한 마리라도 구분할 수 있게 되니 답답한 속이 조금은 뚫렸다.

7월 23일

필름을 붙이기로 한 주말이 왔다. 막상 붙이려니 남편은 내키지 않는 눈치다. 창문짝을 뗄 수 없는 구조라서 바깥쪽에 팔을 뻗어 필름을 붙이자면 위험하고, 또 지저분하게 붙을 수밖에 없다며 남편은 은근히 나를 말렸다. 어찌 됐든 우리 집 창문에 새가 부딪힌 걸 목격한 이상 아무런 행동도 취하지 않는 건 용납할 수 없다.

설명서를 여러 번 읽은 후 창문에 맞게 필름을 잘라 붙이기 시작했다. 2.5층 높이의 바깥쪽 창에 붙이려니 남편도 나도 긴장하고 허둥대느라 필름은 우글우글 엉망으로 붙어버렸다. 우리 딴에는 열심히 붙였고, 새가 더 이상 부딪히지 않으면 되니까 이 정도에 만족하기로 했다.

예상과 달리 바깥 풍경을 보는 데는 별로 문제가 없었다. 하지만 하늘을 올려다보면 시야에 거슬림이 심했다. 아무래도 깨끗한 하늘을 보고픈 이들은 조류 충돌 방지 필름을 붙이는 일이 고민스러울 것 같다.

쇼핑몰에서 필름을 검색할 때 보니 의외로 사용 후기가 많지 않았다. 그만큼 가정에서 유리창에 직접 필름을 붙이는 일이 흔하지 않다는 뜻이기도 했다. 특히 아파트는 새가 부딪히는 장면을 직접 목격하기 어렵고, 충돌 후 화단으로 추락한 새들의 사체를 발견하는 것도 쉽지 않다. 모르고 지나치기 쉬운 것이다. 창 바깥쪽에 필름을 붙이는 일도 위험한 터라, 애초에 조류 충돌 방지용 유리창을 만들 수는 없을까 하는 생각이 들었다. 필요한 건 자연에서 모두 가져다 쓰면서 새들의 생명을 구할 장치를 마련하는 데는 영 인색한 게 우리 인간이다.

7월 25일

어치의 털갈이가 정점을 지나고 있다. 날개 쪽 털갈이의 마지막 순서인 듯한 작은날개깃이 빠지고 새로 나올 무렵 남아있던 머리털이 마구 빠지기 시작했다. 지금은 빠졌던 작은날개깃이 거의 다 자랐고 머리는 대머리수리 저리 가라, 민둥산에 풀 몇 포기 남은 모습이다. 머리털이 빠진 자리에는 새 깃털이 비죽비죽 나오고 있다. 머리털이 모두 빠지

어치의 작은날개깃으로 보는
'깃털이 나는 과정'(약 17일간)

7월 11일
두 개의 낡은 깃털이 보인다.
위쪽 깃털이 아래쪽으로
처져서 헝클어졌다.

7월 12일
위쪽 깃털이 빠졌으나
그다지 눈에 띄지 않는다.

7월 16일
나머지 깃털까지 빠져 휑해짐.
깃털이 빠진 자리에
흰색 깃대가 보인다.

7월 19일
깃껍질 속에서 깃털이 삐죽
나오기 시작했다.
아래쪽에도 깃껍질이
살짝 보인다.

7월 23일
깃껍질을 통해 깃털이 계속
자란다. 아래쪽 깃껍질에도
깃털이 자라나기 시작한다.

7월 28일
위쪽 깃털은 거의 자랐고
깃껍질은 보이지 않는다.
아래 깃털은 계속
자라나는 중이다.

니 귓구멍도 휑하니 드러날 수밖에 없는데, 어치 역시 참새와 비슷한 위치에 눈구멍 크기로 뚫려있다. 일찌감치 빠졌던 콧구멍 주변의 털은 모두 자라서 그 부분만 풍성하다. 수염 난 할아버지처럼.

요즘 창틀에 오는 어치가 몇 마리 안 되지만 모두 같은 순서로 털갈이하고 있다. 지난번 '어점이'에 이어 오늘은 '어돌이'를 추적해서 알아냈다. 첫째날개덮깃과 작은날개깃의 털갈이 시기가 다른 점이 추적하는 데 도움이 됐다. 어치를 다시 구분할 수 있게 돼 기쁘면서도, 해야 할 일이 많은데 어치 추적에 이렇게 정신이 팔려도 되나 싶은 생각이 들었다.

7월 28일

어린 박새들도 털갈이에 동참했다. 봄날의 노란 햇살 같은 파스텔톤의 깃털 사이로 진한 색 털이 자라고, 작은날개깃과 큰날개덮깃 부분에 새로 자라는 깃대도 보인다.

참새의 번식은 계속되고 있는지 오늘 날개를 바르르 떠는 어린 참새도 한 마리 보였다. 어린 새 특유의 못난이 인형 같은 귀여운 모습으로 쉴 새 없이 짹짹거리며 부모 참새가 입에 넣어주는 모이를 꿀떡꿀떡 삼킨다.

멧비둘기의 식성을 확인한 뒤로 유심히 그 녀석들을 지켜보고 있다. "너네는 오지 마"라고 할 수도 없으니. 집비둘기와 다르게 멧비둘기들은 모두 똑같아 보였는데, 큰 모니터로 보니 각각 특징이 있었다. 콧구멍 부위가 분홍인 녀석과 아닌 녀석, 눈 주변의 붉은 피부가 많이 보이는 녀석과 적게 보이는 녀석, 깃털에 갈색 부분이 많은 녀석 등 구분하고자하면 못할 것도 없어 보였다. 몸집이 커서 오히려 동고비보다도 구분이 쉬울 것 같다. 하지만 이 녀석들을 굳이 구별해서 이름을 붙여줄 생각은 들지 않는다. 흥!

7월 30일

더위 탓인지 새들의 방문이 줄었다. 오늘 오후에 온 새들은 박새 세 번, 동고비 세 번, 멧비둘기 다섯 번 그리고 참새들이다. 기온이 오르는 오후보다 오전에 좀더 오는 편이지만, 멧비둘기를 제외하고는 전체적으로 감소했다. 박새는 6월 말에 반나절 평균 35번 이상 왔는데 확 줄었다. 참새를 제외하고 가장 많이 본 새가 멧비둘기라니! 이러다 정들진 않겠지.

얼마 전 인공 둥지를 살피고 집으로 들어가는 길에 보일러실 앞마당에서 멧비둘기 두 마리를 보았다. 우리 집에 오는 녀석들이겠지 싶어서 좀 지켜봤다. 한 녀석이 몸을 부풀리고 머리를 들었다 내렸다 하며 '구우구우' 소리를 냈다. 그러면서 다른 녀석을 쫓아다니는 것이 영락없는 구애 행동이었다. 멧비둘기는 일 년에 서너 번 짝짓기한다. 열심히 쫓아가도 상대가 시큰둥해하자 이번엔 "뿅! 뿅!" 소리를 내며 더 적극적으로 달려들었다. 여태 '뿅' 소리는 멧비둘기가 상대를 위협할 때 내는 소리로 알았는데 좀 헷갈린다. 뿅! 소리를 낸다고 해서 다 위협의 의미는 아닌가 보다.

사람의 방귀 소리와 똑같은 그 소리가 요즘 창틀에서도 자주 들린다. 작은 새들끼리 사이좋게 먹다가도 멧비둘기가 나타나 '뿅!' 소리를 내면 다들 자리를 피하는 형국이다. 참새 소리가 조금 신경 쓰이긴 해도 그동안 창틀은 평화로운 편이었다. 나는 그저 조용히 새들에게 모이를 조금 주고 싶었을 뿐인데, 멧비둘기 때문에 창틀의 평화가 깨질까 봐 걱정이다.

짹짹 --

새들은 털갈이할 때 아플까? 깃털은 번식, 체온 유지, 비행에 절대적 요건이다. 보통 번식기 전과 겨울맞이 전, 2번 깃털 갈이를 한다. 새 옷을 갈아입는 데는 엄청난 에너지가 필요하다. 작은 새라도 깃털 개수가 900개, 고니 정도면 25,000개까지 늘어난다. 깃털 개수는 몸 크기에 따라 다양하며, 전체 몸무게의 25~40%에 달한다. 한 시기에 털을 몽땅 바꾸는 만큼 이때는 평소보다 잘 먹어야 한다.

8월

누가 이 작은 새의 죽음을
기억할까

8월 3일

얼마 전부터 땅콩에 입을 대는 참새가 보였다. 늘 먹던 해바라기씨를 놔두고 자꾸 땅콩을 입에 물었다 뱉었다 하며 입맛을 다셨다. 가끔 놓는 땅콩은 반으로 갈라놓거나 삼등분해서 놓는데 그것도 참새에게는 큰 모양이다.

'참새도 땅콩이 먹고 싶은가?'

박샛과의 새들과 동고비는 통 땅콩도 잘 쪼아 먹었고, 땅콩을 못 먹는 새는 해바라기씨를 먹으면 된다고 은연중에 생각했던 것 같다. 땅콩을 먹고 싶어 하는 참새의 마음은 이제야 알았다. 참새가 먹으려면 땅콩을 해바라기씨만큼 작게 잘라야 할 텐데……. 앞으로는 참새를 위해 잘게 부수던가 아예 모이용 분쇄 땅콩을 구입해야겠다.

8월 4일

다음 달에 있을 첫 개인전 작업으로 하루가 어떻게 가는지 모르겠다. 그림 외에 작은 조형물도 전시할 계획이어서 일이 많다. 나무판을 톱으로 자르는 것쯤이야 했는데, 30분 넘게 톱과 씨름을 했다. 땀이 얼마나 났는지 온몸이 다 녹는 듯했다. 창틀 쪽은 아예 쳐다볼 여유가 없었다.

저녁을 먹고 그냥 늘어져 있고 싶었지만, 겨우 몸을 일으켜 창틀 영상을 열어보았다. '재미로 하는 일도 하루 이틀이지, 매일 꾸준히 하는 건 은근히 스트레스군.' 다행히 요즘 더워서인지 새들이 덜 오는 편이라 저녁마다 영상을 확인하고 정리하는 시간이 줄었다(설마 전시회 준비 중인 거 알고 봐주는 건 아니겠지). 오늘 영상에는 나의 톱질 소리에 새들이 화들짝 놀라 날아가 버리는 모습이 찍혔다. 시끄럽다 이건가?

8월 6일

어치의 털갈이가 끝나간다. 대머리 시절에 비하면 양반이지만 아직도 머리털이 자라는 중이라 요즘은 개구쟁이 같은 모습이다.

어린 박새들은 작은날개덮깃과 큰날개덮깃의 푸른색과

검은색이 선명해졌고 배의 세로띠도 까매졌다. 꽁지깃은 여러 개가 순서를 달리하며 빠졌다가 새로 자라는지 개체마다 제멋대로다. 어린 박새 역시 털갈이의 마지막은 머리 부분인가 보다. 말끔해진 몸통에 비해 머리는 새로 난 짙은 색의 털이 듬성듬성 섞여 지저분했다. 눈 사이 이마 쪽부터 까만 털이 나오고 뺨은 아직 누런색이다. 뺨과 목 부분의 누런 털까지 모두 빠지고 새로 자라야 어린 박새의 털갈이가 끝나는 듯하다. 보송보송했던 모습이 불과 얼마 전인데, 털갈이하고 나니 이제 제법 어른티가 난다.

새들의 털갈이는 우리가 철마다 새 옷으로 바꿔 입는 것과 같다. 보통 1년에 두 번, 짝짓기 전과 겨울이 시작되기 전에 털갈이한다. 연애 사업을 위한 멋내기용, 방한용이다(새들에 따라 시기와 속도와 목적이 조금씩 다르다고 한다). 온몸에 털이 빠졌다가 새로 나는 걸 기준으로, 털갈이 한 번에 50여 일이 걸린다. 털갈이는 에너지도 많이 든다. 사람의 머리털 주성분이 단백질인 것처럼 새의 깃털도 비슷하겠지. 더구나 인간은 머리에만 털이 있지만, 새들은 온몸이 털 아닌가.

《새들에 관한 짧은 철학》이란 책에 오리의 털갈이에 대한 문장이 있다. 털갈이를 '개기일식의 시간'이라고 한 표현이 멋있어서 옮겨 적었다.

털갈이의 시간은 나약함의 시기다. 새들은 털갈이를 하느라 때로는 날아오르는 능력조차 잃어버린다. 오리가 그렇다. 우리는 이를 털갈이 이클립스(일식과 월식을 가리킨다, 여기서는 달이 태양을 완전히 가리는 개기일식을 의미한다)라고 부른다. 아무것도 하지 않는 빈 시각을 가리키는 멋진 표현이다.

(《새들에 관한 짧은 철학》, 필리프 J. 뒤부아·엘리즈 루소, 맹슬기 옮김, 다른)

8월 8일

지난 몇 달간 참새들이 창틀에 싸고 간 똥이 한 주먹은 될 거다. 얼룩을 남긴 적도 있지만 대부분은 바싹 말라 밑으로 굴러떨어지거나 쉽게 털어내는 정도로 청소하기가 괜찮았다. 박샛과의 새들이나 동고비는 창틀에서 똥을 싸는 일은 없다. 모이를 물고 다른 곳으로 날아가 먹으니까, 그곳에서 해결하는 것 같다. 어치와 까치도 마찬가지이다.

해바라기씨가 다 떨어지고 아몬드만 몇 개 남아있을 때 멧비둘기 한 마리가 도착했다. 모이를 먹기 전에 엉덩이 부분의 털이 아래쪽으로 넓게 벌어지더니 똥이 주르륵 흘러내렸다(희한하게 털에는 묻지 않았다). 녹색이 섞인 투명하고 맑

똥 맛!

에퉤퉤

은 젤리 느낌의 배설물은 벽돌을 타고 아래로 흘렀다. 창틀 손님 중에서 가장 신입인 멧비둘기가 이곳에서 똥까지 푸지게 싸는 것이다. 그러고는 아몬드를 먹으려 했으나 기술이 부족해 삼키지는 못했다. 영상에는 아몬드와 씨름하고 있는 멧비둘기를 내가 손으로 휘저어 쫓아내고, 해바라기씨를 뿌려주는 장면이 찍혀 있었다. 그런데 마침 나타난 동고비 한 마리가 하필 멧비둘기 똥이 남아 있는 곳으로 굴러간 해바라기씨를 콕 집어 먹었다. 동고비는 해바라기씨를 입에 넣자마자 소스라치게 놀라며 부리를 쩍쩍 벌려 뱉어냈다. 그러고도 입안이 찝찝한 듯 부리를 쩝쩝거리다 다른 해바라기씨를 물고 날아가 버렸다.

짹짹

새들도 입맛이 있을까? 새들이 맛을 느끼는 맛봉오리는 혀뿌리, 입천장, 목 뒤쪽에 있다. 청둥오리가 400여 개로, 대부분 새는 사람(10,000개)이나 쥐(1,265개), 메기(100,000개)보다 적을 것으로 추정된다. 맛봉오리의 개수를 안다고 해서 새가 실제로 어떤 맛을 느끼는지는 알 수 없다. (《새의 감각》, 팀 버케드, 노승영 옮김, 에이도스)

창틀 먹이터를 스토킹한 이래로 새의 표정과 행동을 이렇게 명확히 이해한 적은 처음이다. 동고비의 표정과 행동으로 멧비둘기 똥이 얼마나 고약한 맛인지 충분히 알 수 있었다. 지금까지는 새들이 맛을 느낀다고 확실히 말할 수는 없었다. 딱딱한 부리는 아무거나 잘 주워 먹을 것 같이 생기지 않았는가. 그런데 오늘 동고비가 분명하게 알려줬다. 새들도 맛을 알고, 똥 맛 같은 건 끔찍이 싫어한다는 걸.

지난 이틀간 밤새 폭우가 무섭게 내렸다. 아침 뉴스에는 도로가 물에 잠기고 자동차가 둥둥 떠다니는 영상이 반복적으로 나왔다. 80년 만의 기록적인 폭우라며 기후 위기에 대한 걱정도 쏟아졌다. 이런 반응을 볼 때마다 "늑대가 나타났다"고 외치는 소년 이야기가 생각나 무섭다. 기후 위기 문제가 관성적으로 방치되는 것만 같아서. '위기'가 분명한데도 그 말에 어느새 익숙해져 위기감을 덜 느낀달까.

걱정되는 마음에 아침을 먹고 우리 동네는 어떤지 집 근처를 둘러봤다. 평상시 흐르는 둥 마는 둥 했던 수로에 물이 폭포처럼 쏟아지고 있었다. 등산로 입구 쪽에는 산에서 떠

밀려 온 나무둥치, 커다란 바위 등이 가득 쌓였고, 배수로 덮개가 열려있었다.

'이런 물길에 휩쓸리면 끝이겠구나.'

침이 꼴깍 넘어갔다. 자연재해 앞에서 강자는 따로 없지만, 특히 없는 사람들, 연약하고 작은 동물들에게는 더 가혹하고 치명적일 수밖에 없다. 땅속 개미굴에 난데없이 물이 차올라 당황했을 개미들, 바람에 휙 날려가는 둥지를 바라볼 수밖에 없는 새의 심정을 어떻게 짐작할 수 있을까.

창틀은 엊그제 멧비둘기가 싼 지독한 응가의 흔적까지 말끔히 청소되어 있었다. 목련 잎에 희뜩희뜩했던 참새 똥도 씻겨져 반들거렸다.

8월 12일

바쁘다 바쁘다 했더니 없던 일도 생긴다. 구매하고 2년간 잘 사용한 아이패드가 별안간 먹통이 되었다. 덥고 습하고, 머릿속엔 해야 할 일들이 뒤죽박죽인데!

일단 방문 예약을 한 뒤 수리점에 찾아갔다. 희망을 걸었건만 수리 불가 선고가 내려졌다. 풀이 죽은 채 마을버스 정류장으로 향하다 길옆 탄천에 눈이 갔다. 이왕 나온 김에 물

소리나 들으려고 계단을 내려갔는데, 세상에! 전쟁이라도 난듯한 풍경에 입이 다물어지지 않았다. 산책로 여기저기에 드러누운 가로등이며, 표지판과 깨진 블록이 어지러이 나뒹굴었다. 뿌리째 뽑힌 나무들은 끔찍했고, 각종 쓰레기가 전리품처럼 쌓여있었다. 게다가 가로등마다 웬 목도리를 두르고 있어서 자세히 봤더니 풀 줄기와 얽힌 쓰레기 더미가 아닌가!

'아니, 물이 저기까지 차올랐단 말이야?'

으아~ 물에 휩쓸려 가는 내 모습을 상상하니 몸서리가 쳐졌다. 그 참혹한 풍경 사이로 여느 때처럼 뛰고 걷고 자전거를 타는 사람들이 보였다. 폭우가 내린 지 사흘이 지났지만 아직도 탄천엔 흙탕물이 넘실대고 있었다. 물에 동동 떠다니던 흰뺨검둥오리며 왜가리 등, 상주하던 새들은 어디로 피했는지 한 마리도 보이지 않았다. 삶은 아무리 끔찍하고 무서운 일이 일어나도 멈추거나 되돌아가지 않는다. 그래서 더 가혹하고 희망적일까. 새들의 안부가 궁금하다.

8월 16일

요즘 모이가 금방 없어져서 맨입으로 돌아가는 새들이

많아졌다. 방문이 점점 잦아진 멧비둘기들이 다 먹어 치우기 때문이다. 방문 횟수를 세어보았더니 반나절 기준 14~25번이나 오고 있었다. 녀석들이 자주 오는 만큼 작은 새들이 먹을 기회는 적어진다.

참새들은 멧비둘기가 한번 오면 모이를 다 먹어 치우고 간다는 걸 깨달았는지, 이제 멧비둘기 옆에서도 밀리지 않고 눈치껏 먹는다. 이는 무리 지어 다니는 '참새의 연대' 덕분에 가능하다. 지난 몇 달 동안 창틀에 오는 새들을 보며 알게 된 게 있다. 참새가 비슷한 덩치의 새 중에서 서열이 높은 편이라는 점이다. 박새, 곤줄박이, 동고비 모두 참새와 1:1일 때는 당당히 맞서지만, 참새가 두어 마리 이상이 되면 재빠르게 자리를 피하는 모습을 보였다.

이제 슬슬 접수해 볼까?

낄낄

멧비둘기는 저희끼리도 자리다툼을 한다. 부리로 위협하다 상대가 물러날 기색이 없으면 '뿅뿅' 소리치며 돌진한다. 날갯죽지를 휘둘러 '퍽퍽' 소리를 내며 싸우는데, 맞으면 정말 아플 것 같다. 싸움에 진 녀석은 낮은 울음으로 "뿌~ 뿌~ ('구구'와 '뿅'의 중간 소리)", 불만을 표출한다.

'아니 여긴 내 창틀인데 왜 자기들끼리 서로 차지하려고 싸우는 거지?'

지난봄 창틀을 어린이집처럼 이용했던 참새 부모들이 생각났다. 이번엔 멧비둘기에 호구 잡힌 건가?

8월 19일

전시 준비는 얼추 마무리되어 간다. 추석 끝나자마자 단체전을 하고 바로 이어 개인전을 계획했다. 몰아서 하면 더 효율적일 것으로 생각했는데 좋지 않은 선택이었다. 영혼이 탈탈 털렸다. 전시 준비가 끝나가니, 슬슬 멧비둘기에 대한 고민이 고개를 든다.

멧비둘기의 식성, 싸움, 울음소리, 똥······ 모든 게 눈에 거슬린다. 멧비둘기가 창틀에 나타나기 전에는 분명 녀석들에게 호감이 있었다. 하지만 호감은 이제 애증으로 바뀌었고, 녀석들이 오지 못하게 해야겠다고 머리를 굴리고 있다.

'모이를 줄일까? 창문을 아래로 내려 들어오지 못하게 할까? 그러면 어치나 까치도 먹기 힘들겠지. 어치가 주로 아침에 오니까 오후에만 창문을 내리면?'

역시나 멧비둘기만 못 오게 하는 방법은 잘 떠오르지 않는다. 일단 하나씩 시도하면서 생각해 봐야겠다.

8월 21일

새로운 어치가 왔는데 영 낯설지 않았다. 왼쪽 첫째날개 덮깃 부위가 늘어진 꼴이 왠지 '어삼이' 같았다. 어삼이는 6월 16일 이후 창틀에 나타나지 않았다. 하지만 똑같은 상처를 입은 어치가 우리 집 창틀에 올 확률은 낮지 않을까. 왼쪽 날개깃이 일부 벌어진 건 영구적 손상이라서 어삼이만의 특징이라고 할 수 있다. 어삼아, 너 맞지?

봄부터 지금까지 창틀에 주기적으로 오는 어치는 몇 되지 않는다. 어잘, 어돌, 어점은 털갈이 기간에도 창틀에 나타난 덕분에 추적이 가능했다. 일주일 전쯤 새로 찾아온 어치와 며칠 전 나타난 어삼이까지, 내가 알아볼 수 있는 어치는 모두 다섯 마리다. 3월과 비교하면 3분의 1 수준이다. 혹시 가을이 되면 더 많이 오려나.

깨끗이 먹었으니까
반품해도 괜찮겠지?

헤헤

일주일 전부터 등장한 '뉴페이스' 어치는 꽤 활동적이다. 항상 입을 벌리고 오길래 '어벌'이라고 이름 지었다. 한번은 물고 간 아몬드가 별로였는지 반쯤 먹은 아몬드를 도로 가져와 뱉어놓고 다른 아몬드를 가져갔다. 굳이 먹던 걸 되가져와서 놓고 가는 건 어떤 의미일까? 바꿔달라는 건가?

8월 23일

오늘 한 동고비가 날벌레를 물고 왔다가 바닥에 내려놓고는 해바라기씨를 물고 돌아갔다. 번식기는 끝났으니, 간식으로 잡은 먹이일 텐데 왜 두고 갔는지 궁금했다. 해바라기씨가 날벌레보다 더 맛있나. 참새는 이런 경우가 많지만 동고비는 처음이라 왠지 의도적인 것 같았다.

동고비는 5월 중순에 자주 보이다가 6월엔 거의 안 보였고, 7월부터는 매일 들렀다. 그리고 7월 말부터 8월 초까지 잠깐 뜸하다가 요즘은 다시 자주 보인다. 지난달에 동고비는 털갈이 때문에 워낙 엉망인 꼴로 나타나서 동백이 외에는 누가 누군지 분간할 수 없었다. 털갈이가 끝난 지금, 봄에 오던 암컷들이 다시 오는지도 알 수 없다.

동고비에 대해 좀더 알아보고 싶어 얼마 전 개정판으로 새로 구매한 조류 도감을 뒤적였다. 도감에는 동고비의 암수 포인트에 대해 사진을 곁들여 설명하고 있었다.

'이 중요한 걸 왜 이제야 봤지?'

내가 뻔질나게 펴보던 도감에는 없던 정보였다. 익숙한 새라고 너무 안일했던가 보다. 암수 구별법을 확인하고 다시 동고비 영상을 하나하나 열어서 확인했다. 꽁지 밑으로 색이 진한 수컷과 비교적 밝은 암컷이 확연히 구분되었다! 동백이는 예상처럼 수컷이 맞았다. 음, 동고비의 은밀한 꽁지 밑까지 볼 생각은 없었는데 어쩌다 보니 이렇게 되었다. 그저 암수를 구분할 수 있는 게 기쁠 뿐.

8월 24일

오후 산책 중에 동고비 사체를 발견했다. 왠지 우리 집에 밥 먹으러 오던 녀석이 아닐까 싶어 마음이 무거웠다. 집으로 돌아가 비닐장갑과 종이 상자를 챙겼다. 자동차 바퀴에 눌린 사체를 최대한 온전하게 수습해서 근처 산으로 갔다.

적당한 자리에 묻고 낙엽을 덮어줬다. 주위에 도토리 열매와 갓 떨어진 싱싱한 잎이 보이기에 무덤 위에 올려두었다.

'다시 새 생명으로 거듭나렴.'

혹시 '동백이'일까 싶어 묻기 전에 날개 쪽을 들춰봤는데 다행히 아니었다. 아, 암수라도 확인해 볼걸. 우리 집에 밥 먹으러 오던 녀석인지 아닌지 영상으로 확인하면 알 수도 있을 텐데. 그런데 동고비 사체를 발견한 곳은 두 달 전쯤 멧비둘기 사체가 있던 곳이기도 하다. 그곳이 새들에게 '사고다발지역'인가?

짹짹 --

늙어 죽는 새는 없다. 새들은 보통 포식자나 사고 때문에 죽는데, 나이가 들거나 질병으로 속도가 느려진 새는 이에 훨씬 취약해진다. 새들은 대개 우리가 발견할 만한 땅에 몸을 남기는 방식으로 죽지 않는다. 또 새가 죽어서 땅에 떨어지면 보통 다른 동물들이 새의 시신을 재빨리 먹어 치운다. 인간이 죽은 새를 발견하게 되는 가장 흔한 이유는 모두 인간과 관련된다. 유리창에 부딪히거나, 야외에서 활보하는 집고양이에게 죽임을 당하거나 차에 치여 죽은 경우이다. (《새의 언어》, 데이비드 앨런 시블리, 김율희 옮김, 윌북)

물까치가 오랜만에 나타났다. 벽돌에 매달린 채 해바라
기씨 두어 개를 주워 먹고 휙 간 걸 보면 지나가다 호기심
에 한번 들른 것 같다. 사실 물까치는 이런 자연식(?)보다는
고양이 사료 같은 '패스트푸드'를 더 좋아한다. 동네 산 둘레
를 따라 주차장이 이어져 있는데 작년 봄부터 누군가 그 근
처 나무 그루터기에 쌀알을 올려두곤 한다. 아마 길고양이
를 돌보는 집사 아저씨가 사료를 놓아주러 나올 때 참새들
몫까지 챙겨주는 듯했다. 어느 날 근처를 산책하다가 물까
치 십여 마리가 쌀알이 수북한 그루터기에 내려앉는 걸 봤
다. 그런데 쌀은 맛이 없다는 듯 아래쪽에 있던 고양이 사료
로 우르르 몰려가 정신없이 먹어댔다. '재미있는 녀석들이

저것들이!

어어, 이거
너무 맛있다~

술술
넘어가네~

구나' 생각했는데, 고양이 사료를 훔쳐 먹는 물까치 사진과 영상을 나중에 인터넷에서도 보았다. 물까치뿐 아니라 까치, 비둘기, 까마귀까지 길고양이 사료를 탐낸다는 사실도 알게 되었다. 그러니까 물까치가 우리 집 창틀의 단골이 될 확률은 아주 낮다.

8월 28일

멧비둘기의 '뿡뿡' 소리가 시도 때도 없이 들린다. 징글징글한 녀석들, 우리 집이 그렇게 좋은가. 그동안 멧비둘기를 덜 오게 하려고 몇 가지 방법을 실행해 봤다. 창문을 조금 내리는 건 소용이 없었다. 덩치는 커도 머리가 작으니까, 좁은 틈에 머리를 들이밀고 먹어댔다. 그 방법은 어치와 까치만 불편하게 했다. 모이를 줄여도 봤지만, 이번엔 참새만 곤란해졌다. 참새들이 예민해져서 자기들끼리 싸우는 모습이 자주 보였다.

창밖을 내다보며 멧비둘기만(!) 몰아낼 방법을 궁리하는데, 참새들이 길바닥에서 통통거리며 벌레를 잡는 모습이 눈에 들어왔다. 문득 내가 이 일에 지나치게 열중하는 건 아닐까 싶었다. 엄밀히 말하자면 새들은 나름대로 각자 살아갈 뿐이다. 나는 그저 약간의 간식을 주는 정도이니 말이다. 멧비둘기가 다 먹어버려 모자라면 모자란 만큼 녀석들이 알아서 채우지 않겠는가.

사실 참새의 수도 창틀이 감당하기에 너무 많았다. 얼마 전 창틀 앞 나무에 다음 차례를 기다리는 참새를 사진으로 찍어 대충 세봤더니 30마리가 넘었다. 근처 산사나무와 덤불에서 대기 중인 녀석들까지 합치면…… 세상에나!

'그래, 모이를 줄이는 게 맞아.'

드디어 결론을 내렸다.

그러나 어제에 이어 오늘도 다친 참새가 한 마리 보였다. 어제는 다리 다친 참새를 봤더랬다. 둘 다 새끼 참새이다. 특히나 다리가 불편한 녀석들은 생존 확률이 많이 떨어진다. 창틀 먹이터에 많이 의지하고 있을 텐데, 어떻게 모이를 줄이겠는가! 결심을 수정했다. 모이는 오히려 좀더 늘릴 생각이다. 다만, 멧비둘기 괘씸해…… 정말 미울 때는 얄밉게 먹어 치우는 멧비둘기를 붓으로 털어 쫓기로 했다.

8월 29일

다친 참새 두 마리가 오늘도 여러 번 다녀갔다. 한 마리는 오른발이 까맣게 괴사해 굳어있고, 다른 한 마리는 엉덩이 쪽에 피가 엉겨 붙어 있다. 둘 다 가벼운 상처는 아니었다. 아마도 많이 아플 것 같은데 먹는 모습을 보면 또 괜찮아 보였다.

며칠 전 발견한 동고비 사체와 다친 새끼 참새, 심란한 멧비둘기들까지. 요 며칠은 기분이 팍 가라앉았다. 더위는 한 풀 꺾였지만, 꿉꿉한 공기의 습도를 느끼며 하루살이 떼를 몰고 시큰둥한 걸음으로 산책에 나섰다. 여기저기 나뒹굴고 있는 초록 감들이 눈에 들어왔다.

'감 떨어졌네. 또 가을이 오겠지.'

노란 속살이 뭉개진 초록 감 사이에 이질적인 물체가 보였다. 자세히 보니 올리브색의 작은 새였다. 속 터진 감 사이에서 비슷한 모습으로 죽어있는 새는 채 익기 전에 떨어져버린 감과 별반 다를 바 없었다. 생명은 순식간에 사라지는 무언가다. 어쩌다 이 새는 감들 사이에 누워 함께 썩어가고 있을까. 누가 이 작은 새의 존재를 기억하고, 이른 죽음을 애도해 줄까. 이 쓸쓸한 마음이 새들 때문인지, 가을이 오기 때문인지, 중년의 널뛰는 호르몬 때문인지 모르겠다.

여름
8월

아주 오래된, 작은 철학자 새.
이 가볍고 보드라운 생명체는
인간에게 크고 작은 이야기를 들려주고 있다.
다만 우리 중 누군가는 그 이야기에 귀 기울이고,
또 다른 누군가는 지나치고 있을 뿐.

—

《새들에 관한 짧은 철학》, 필리프 J. 뒤부아·엘리즈 루소,
맹슬기 옮김, 다른

PART 3

가을

자연은 가을에 씨를 뿌린다

9월

조심해! 눈을 맞추면
마음이 넘어가니까

9월 2일

동고비 101번, 쇠박새 56번, 박새 20번, 멧비둘기 15번,
어치 10번, 곤줄박이 5번. 오늘 오전 내내 새들이 창틀 먹이
터에 몇 번이나 방문했는지 세어보니 동고비와 쇠박새가 단
연 으뜸이었다. 여기서 횟수가 곧 개체 수를 뜻하지는 않는
다. 한 마리가 여러 번 올 수도 있으니까. 아마도 새로 온 동
고비들이 있는 것 같은데 구분은 못 하겠다. 털빛이 특이하
거나 상처가 있는 등 뚜렷한 특징이 있는 녀석들만 기록해
두고 기억할 뿐이다.

쇠박새도 마찬가지다. '땜빵이'와 '눈밑점'만 구분이 된다.
얼마 전부터 검은 머리에 하얀 점이 있는 쇠박새가 보였다.
처음 봤을 땐 머리에 먼지가 묻은 줄 알았는데 진짜 검은

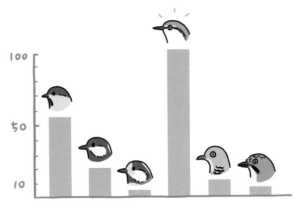

9월 2일 오전 창틀에 들른 횟수

털 사이에 난 흰 털이었다. 그 모습이 마치 땜빵처럼 보여서 이 쇠박새는 '땜빵이'라고 기록해 두었다. 왼쪽 눈 밑에 검은 점이 있는 쇠박새는 '눈밑점', 이 녀석은 3월부터 꾸준히 오고 있다.

모든 새를 구분하고 이름 붙여주고 싶지만, 그랬다면 아마 이 '방구석 탐조'를 진작에 그만두었을 것이다. 즐기면서 하는 일은 고통스럽지 않지만, 일이 고통스러워지면 즐기지 못하게 되니 말이다.

9월 3일

창틀 먹이터에 신메뉴가 추가되었다. 이틀 전부터 새로 주문한 땅콩 분태를 주고 있다. 땅콩을 해바라기씨만 한 크기로 자른 제품이다. 참새들이 입에 넣고 오물거리기에 적당한 크기이고, 다른 새들도 잘 먹는다. 사길 잘했다.

신상 메뉴를 개시한 날, 맹금류 한 마리가 창틀에 다녀갔다. 영상에는 아랫배와 다리만 보여서 정확히 어떤 새인지는 모르겠지만, 지난번 모두를 놀라게 한 붉은배새매와는 달랐다. 참새들은 풋내기 시절과는 달리 제법 익숙한 모습으로 재빠르게 도망갔고, 녀석은 좁은 창틀에 제대로 착지하지 못해 퍼덕거리다 그냥 돌아갔다. '무서운 녀석!'이라고 생각하다가, 녀석도 먹이 활동을 하고 있을 뿐이니 너무 미워하지 말자, 싶었다.

9월 4일

어린 박새들도 털갈이가 거의 끝나간다. 뒤통수와 눈 부위의 연한 털 오라기 말고는 어른 새와 똑같다. 파우더 향이 날 것만 같던 '노오~란색'이 모두 없어지니 왠지 아쉽다.

'조금만 더 그 보들보들한 털빛을 볼 수 있다면!'

반면 참새들은 이제 털갈이 시작이다. 꾀죄죄해진 모습이 많이 보였다. 한 녀석은 몸통 털이 한꺼번에 잔뜩 빠졌고, 앙상한 꽁지깃을 달고 다니는 녀석도 여럿이다. 그런데 털갈이하는 참새들 사이에 날개를 바르르 떠는 새끼 참새가 있었다. 며칠 뒤면 추석인데, 8월 중순쯤 태어난 걸까? 5월에 번식을 시작했는데 9월인 지금까지? 도대체 참새는 짝짓기를 몇 번이나 하는 거야. 혹시 창틀 먹이터 믿고 새끼를 낳은 건 아니겠지! 안 그래도 참새들의 싸움이 늘어 신경이 쓰이는데 더 늘면 곤란하다.

참새야 번식으로 늘어났다 치고 멧비둘기는 왜 계속 늘어나는 걸까. 근방의 멧비둘기들이 '맛집 공유'를 하고 모두 모여들고 있는 거면 어쩌지? 뿡뿡거리며 모이를 휩쓸고 가는 멧비둘기에 대한 고민이 또다시 시작되었다. 요 며칠 동안 오후 몇 시간은 창문을 많이 내려 녀석들이 고개를 들이밀지 못하게 했다. 그런데 멧비둘기는 돌아가지 않고, 아예 벽돌에 눌러앉아 있는 게 아닌가. 멧비둘기가 떡하니 버티고 있으니 작은 새들이 아예 오지도 못한다. 하는 수 없이 창문을 내리는 건 포기하고 전처럼 열어뒀다. 멧비둘기가 처음 오던 날, 모이에 입을 대기 전에 쫓아냈어야 했다. 바보처럼 좋아하다가……. 후회막급이다.

9월 5일

오른발이 괴사한 참새는 그런대로 잘 지내고 있다. 상처
가 아물며 발이 까매져서 '흑발'이라고 부르기로 했다. 한쪽
발이 굳어 잘 못 쓰지만, 창틀을 이용하는 데 문제는 없어 보
인다. 엉덩이 부위를 다친 참새
는 31일부터 보이지 않는
다. 상처가 깊어 보였으
니 죽었을지도 모른다.

9월 6일

어제 태풍의 영향으로 날씨가 안 좋았지만, 꼭 보고 싶은
전시회가 있어 다녀왔다. 한국에서는 처음 열린, '프리즈 아
트페어'. 유명 해외 작가들의 작품을 한자리에서 볼 수 있는
기회여서 비싼 입장료에도 사람들이 구름처럼 몰려들었다.
'삐까뻔쩍한' 부스들에 그림도 많고 사람도 많고, 기가 쑥 빨
리는 느낌이었다. 반쯤 넋 놓고 좀비처럼 사람 물결을 따라
구경하다 만다라 그림과 마주쳤다.

'흔한 도상인데 사람이 왜 이리 많아?'

다가가 보니 영국 작가 데미안 허스트의 〈나비 시리즈〉였

다. 만다라 무늬는 실제 나비의 날개였다. 뱅글뱅글 원을 따라 이어 붙인 파랑, 노랑, 주홍빛의 나비 날개들…… 현기증이 밀려왔다. 도대체 몇 마리의 나비가 쓰인 걸까? 나도 동시대를 살아가는 그림작가인데, 현대미술은 왜 이리 이해하기 어려울까? 수천 마리 나비의 죽음과 수십억을 호가하는 그림값, 삶과 죽음의 본질적 의미를 묻는 작품이라는데……. 나와는 어울리지 않는 딴 세상 구경을 하고 온 느낌이다.

9월 7일

전시장 관람의 여파인지 머리가 무겁고 피곤이 풀리지 않아 산책에 나섰다. 사방이 맑은 햇빛으로 반짝이고, 시원하고 기분 좋은 공기가 머릿속을 씻어주는 듯했다. 한결 가벼운 발걸음으로 익숙한 산책로를 따라 걷는데 길 한가운데 낯익은 나무가 쓰러져 있었다. 이런, 올봄 쇠딱따구리가 번식했던 바로 그 나무다! 밑동이 삭아 더 이상 견디지 못하고 쓰러진 것이다. 그렇다면 이 나무가 마지막으로 품은 새는 내가 봤던 쇠딱따구리들이겠구나.

나무가 쓰러진 김에 둥지 안이 어떤지 보고 싶었다. 하지만 둥지 입구는 땅바닥과 마주 보고 있어 들여다볼 수가 없었다. 아쉬운 마음에 한참을 서성였는데, 마침 주위에 있던 관리자 분이 "빨리 치우자"며 동료를 재촉했다. 아마 아저씨는 나를 도로 장애물에 불만을 품는 동네 주민쯤으로 생각하신 듯하다.

'그래, 세상에 이 나무의 마지막 이야기를 아는 건 나 하나면 됐지.'

아저씨들이 일을 하시도록 바로 자리를 떴다.

9월 9일

오늘부터 추석 연휴다. 전시 준비는 마쳤고 명절 연휴 동안 아무데도 가지 않고 쉬기로 했다. 가족들은 2주 뒤 오픈하는 내 개인전에서 보기로 했다. 동네도 조용하니 그동안 조급했던 마음에 숨통이 트이는 듯했다. 마음이 여유로워지니 창틀에서 뿡뿡거리는 멧비둘기도 그리 미워 보이지 않았다.

귀여운 거 처음 봐요?

사실, 낮에 멧비둘기 그림자가 비치길래 붓으로 쫓아내려고 창문을 조심히 열었다. 근데 이 녀석이 도망가지 않고 똥그란 눈으로 나를 멀뚱하니 쳐다봤다. 아직 세상 물정 모르는 듯한 어린 멧비둘기와 눈이 마주치자, 그 귀여움에 나도 모르게 감탄사가 작게 새어 나왔다. 멧비둘기는 그 소리에 푸드덕 날아갔다. 목 옆에 줄이 없거나 흐릿한 것이 어린 멧비둘기의 특징이지만 그보다는 까맣고 큰 눈동자가 어른 새와는 사뭇 다른 분위기를 자아낸다.

멧비둘기를 몰아내기 위해 고민했던 시간이 무색하게 눈 한번 마주친 것으로 빗장이 풀리는 느낌이다. 이렇게 귀여우면 안 되는데…….

9월 10일

한동안은 동고비의 방문 횟수가 확 늘었는데, 요 며칠은 쇠박새가 더 많이 오고 있다. 멧비둘기와 참새가 늘어나는 건 걱정스럽지만 박샛과의 새들과 동고비는 늘어나도 괜찮다. 이 녀석들은 멧비둘기만큼 시끄럽거나 잔뜩 먹지 않고, 참새들처럼 떼로 몰려오지도 않으니까.

가장 큰 차이는 습성이다. 멧비둘기와 참새는 먹고 가고, 박샛과와 동고비는 물고 가서 먹거나 저장한다. 매장 내 식사와 테이크아웃의 차이랄까. 테이크아웃하는 새들은 자리를 오래 차지하지 않는 만큼 창틀이 지저분해지지도 않는다. 이상적인 '버드피딩'이다.

　모든 일이 그렇듯, 내가 원하는 새들만 오게 할 수는 없다. 그리고 좋은 먹이터를 오랫동안 기억할 만큼 새들은 머리가 좋은 데다 집착도 강하다. 내가 멧비둘기와 참새를 어쩌지 못하는 것도 바로 이런 이유 때문이다.

9월 11일

　참새 흑발이의 발이 이상하다. 까맣게 변색된 경계 부위가 부어오른 듯했다. 어쩌면 괴사한 발이 떨어져 나갈지도 모르겠다. 딱지 앉은 상처를 자꾸 만지면 피가 나고 붓는 것처럼 흑발이의 발도 그런 상태로 보인다. 아픈 다리를 접고 한 발만 쓰는 모습이 꽤 많이 아파 보였다.

　참새들 사이의 다툼이 늘 먹이 때문만은 아닌 것 같다. 유난히 성이 나있는 녀석들이 따로 있고, 먹이가 충분한데 싸우기도 한다. 혹시 참새들이 예민해지는 시기가 있는 건 아닐까? 지금 창틀에 오는 참새의 4분의 3 정도는 올해 태어난 녀석들이다. 질풍노도의 시기인 건지, 9월 들어 부쩍 참새들끼리 싸움이 잦다. 박새, 동고비 등은 다툼이 생기더라도 정작 몸으로 싸우는 모습은 본 적이 없다. 창틀이 좁은 공

간이다 보니 한 녀석이 바깥으로 나가면, 다른 녀석이 뒤쫓는 식으로 나가서 싸운다. 하지만 참새들은 좁은 공간에서도 참 잘 싸운다. 소리만 들으면 아주 시끄러운데, 그에 반해 싸우는 모습은 또 너무 귀엽다. 조그만 참새가 잔뜩 성이 나 가슴 털을 부풀리고 어깻죽지를 넓힌 채 으스대는 모습이나, 불만 가득한 듯 바닥을 보는 자세로 등 털을 부풀리고 꽁지를 바짝 세워 구시렁대는 모습, 날갯짓하며 몸을 세워 서로를 발로 차는 모습은 그야말로 '심장 어택!'이다. 어떨 땐 속으로 조금만 더 싸웠으면 하고 바랄 때도 있다. 그런데 바로 옆에서 누가 싸우건 말건 먹는 데만 집중하는 나머지 참새들이라니!

9월 12일

명절 연휴 마지막인 어제, 코로나로 한동안 만나지 못했던 지인들을 만났다. 묵혀둔 수다를 떨다 밤이 되어 돌아왔는데, 오랜만에 긴 외출을 한 탓인지 배가 당기고 머리가 아파 집에 오자마자 한참을 누워있었다.

오늘은 친구들과 함께하는 단체전에 작품을 설치하는 날이다. 나 같은 집순이에게 이틀 연속 외출은 난도가 꽤 높다. 그런데 2주 뒤에 열릴 개인전 기간에는 일주일 내내 외출해야 한다.

'이 정도로 꺾이면 안 되지!'

마음속으로 파이팅을 외치고 전시장으로 향했다. 운반된 그림의 자리를 대충 맞춰놓고 점심을 먹으러 근처 쇼핑몰로 향했다. 외부로 뚫린 2층 복도 한쪽에서 참새 한 마리가 출구를 찾아 헤매고 있었다. 도와줘야 하나, 고민하는 사이 다행히 바깥으로 날아갔다. 연한 빛의 부리를 보니 올해 태어난 햇참새였다. 딱딱하고, 막히고, 투명한 건 수상하고, 빛은 불온하고…… 새에게는 도무지 친절하지 않은 것들로 가득찬 도시에 새들은 왜 자꾸 모여들고 새끼를 낳아 키우려 하는지 하루가 더 고단한 느낌이다.

9월 들어 어치들이 잘 찾아오지 않는다. 털갈이도 끝났고, 이제 다시 쌩쌩해졌으니, 창틀의 아몬드나 땅콩 조각보다는 가을 숲을 누비며 풍성한 열매를 골라 먹는 게 더 좋겠지. 그에 반해 쇠박새는 점점 자주 오고 있다. 오늘 오전에만 232번이나 왔다!

쇠박새는 창틀에서 서열이 가장 낮아 보인다. 참새나 박새 등 다른 새가 있으면 구석에서 자기 차례가 오길 조용히 기다린다. 순서가 늦어지면, 가끔 몸통을 아래로 바짝 내리고 부리를 삐끔거리며 항의(?)하는 듯한 포즈를 취하는데, 그 자세가 전형적인 '을'의 짠한 모습이라 웃프다(?). 그런데 동종인 다른 쇠박새가 오면 참지 않는다. 잽싸게 달려들어 화를 낸다. '방구석 여포'가 따로 없다. 만약 제 몸집보다 작은 새가 나타나면 '갑'의 면모를 드러낼지도 모르겠다. 하지만 이 근방에 쇠박새보다 작은 새는 없다. 그러니 쇠박새는 언제까지나 창틀의 '을'로 남을 것 같다.

동족에게 화를 내는 게 쇠박새만의 특징은 아니다. 다른 새들도 자기보다 약한 개체보다 동족을 더 의식하고 화를 낸다. 유전자를 남기는 게 우선이니 경쟁자를 경계하는 건 당연하다. 먹이양을 줄이면 참새 녀석들이 어떻게 나올

지 궁금하기도 하지만, 나는 평화로운 창틀을 원하기 때문에 전보다는 많이 주고 있다.

어제부터 아무리 참새 무리를 들여다봐도 참새 흑발이가 보이지 않는다. 엊그제 봤을 땐 괴사한 부분이 떨어지려는 듯 옆으로 아예 돌아가고 남은 부위에 염증과 핏자국이 보였다. 혹시 발이 떨어져서 돌아다니기 힘든 상태인가? 착지할 때나 모이를 먹을 때 한 발로는 아무래도 불편할 거다. 참새 흑발이는 한쪽 발만으로도 뒤처지지 않고 잘 살아갈 거라고 믿고 싶은데, 역시 힘든 걸까.

9월 18일

여름에 초록빛 감을 뚝뚝 떨어뜨렸던 감나무에 달린 감이 붉게 익었다. 그나마 낮 동안에는 안간힘으로 버텨내던 늦여름의 더위가 저녁나절이 되면 힘이 다 빠져버리는지, 서늘함마저 느껴졌다.

서랍에서 긴소매 옷을 꺼낼까 말까 고민하는 사이 창틀에 오는 대부분의 새는 털갈이를 마치고 말끔한 모습이 됐다. 다만 늦게 태어난 참새들만 아직도 털갈이 중이다. 머리털이 엉기고 성글어 까치집 지은 꼴로 나타나는 녀석들이 많아졌다.

참새 흑발이는 오늘도 보이지 않았다. 벌써 5일째다. 아무래도 잘못된 것 같다. 매일 오던 녀석이 갑자기 안 오니까 나쁜 쪽으로 생각하게 된다. 흑발이 상태가 유독 눈에 띄었을 뿐, 발이 불편해 보이는 참새는 더 있었다. 깨금발을 하는 녀석, 발가락에 작은 사마귀 같은 게 있는 녀석도 여럿이었다. 참새뿐만 아니라 멧비둘기도 발에 콩알만 한 혹을 달고 있는 녀석이 있다. 어쩌면 멧비둘기에게 잘 생긴다는 바이러스 탓일까. 그리고 동고비 수컷의 오른쪽 발가락 하나도 벌겋게 부었다. 야생의 새들에게 무엇보다 날개가 중요하겠지만, 먹이 활동을 할 때는 발을 쓰기 때문에 발 건강도 중요하다. 이동보다 먹이가 더 중요할 때도 있을 것이다. 발이 성치 않은 녀석들을 보고 있으면 새들의 녹록지 않은 삶에 마음이 아프다.

9월 20일

단체전 전시를 철수했다. 짐을 대충 정리한 뒤 참여 작가들과 차를 마시며 이야기를 나눴다. 애초에 전시 경험이 많지 않은 또래 작가들이 세 번만 함께 해보자며 시작한 전시였다. 이번이 마지막 차례라 다들 시원섭섭해했고, 나 역시 이 전시가 특별한 의미로 남을 듯하다. 나의 반려견 '비단이'의 마지막 모습과 함께 기억되기 때문이다.

첫 번째 전시가 끝나자마자 비단이가 무지개 너머로 떠났다. 코로나가 가장 심할 때 열린 두 번째 전시회에는 보러 오는 이가 거의 없었다. 그리고 마지막인 이번 전시는 "2022년 가을에는 코로나가 끝나지 않겠어?" 하고 일정을 잡았던 것인데, 여전히 우리는 마스크를 쓰고 있다. 전시를 세 번 하는 동안 세상이 많이 변했고 나도 많이 변했다.

집으로 오면서 괜히 생각이 많아져서 동네를 천천히 걸어 올라왔다. 그래도 올해는 창틀에 오는 새들을 보느라 유쾌한 날이 많았다. 밖에 나가기 싫은 날에도 창틀의 새들 덕분에 혼자 있는 느낌에서 벗어날 수 있었다. 새들에게 새삼 고마움을 느끼며 우리 집이 있는 언덕 끝까지 올라왔다. 집에 들어가기 전, 선 채로 창틀 먹이터를 올려다봤다. 뚱뚱한 멧비둘기 두 마리가 죽치고 앉아있었다. 그걸 보자마자 애잔한(?) 생각들이 싹 가셨다.

'어휴, 이 녀석들 내가 외출하느라 쫓지 못했더니 아주 살판났네!'

냉큼 집으로 올라가 옷도 갈아입지 않고 멧비둘기부터

붓으로 쫓아냈다. 나가기 전에 다른 날보다 모이를 넉넉히 주었건만 얼마나 열심히 먹어댔는지, 창틀엔 해바라기씨 한 톨 남아있지 않았다.

9월 22일

세상에, 흑발이가 나타났다!

아침 6시 30분쯤 흑발이가 여덟 마리의 참새 무리에 끼여 해바라기씨를 먹고 있었다. 예상외로 너무 멀쩡한 모습이었다. 흑발이의 발은 간신히 붙어있는 상태였지만, 마지막으로 봤을 때 아픈 다리를 제대로 쓰지 못했던 것에 비하면 많이 좋아진 것 같았다. 말라비틀어진 발은 옆으로 획 돌

짹짹 ---

도시 조명은 새들에게 치명적이다. 미국 뉴욕에서는 2002년부터 매해 9월 11일, 9.11 테러로 희생된 사람들을 기리기 위해 6킬로미터 높이의 파란색 기둥처럼 보이는 빛을 쏘아 올리는 추모 행사를 갖는다. 2017년 코넬대 연구진은 이 행사가 진행되는 동안 철새들이 모여드는 등 약 100만 마리의 새에게 영향을 끼친다는 사실을 발견했다. 다행히 불빛을 끄면 새들은 몇 분 만에 떠났다. 이때부터 행사를 진행할 때 새들의 움직임을 모니터링해, 빛 주변에 천 마리 이상의 새가 모이면 20분 동안 불빛을 끄기로 했다. (《도시를 바꾸는 새》, 티모시 비틀리, 김숲 옮김, 원더박스)

아갔고 부척(종아리처럼 보이는 부분)으로 바닥을 딛고 있었다. 괴사한 부위의 염증이 가라앉아 이제 좀 살만해졌는가 싶다. 다행이다. 죽은 줄 알았던 흑발이가 건강하게 돌아올 줄은 상상도 못 했다. 눈물이 날 정도로 기쁘다.

오늘 개인전이 열릴 화랑에 작품을 걸고 오느라 피곤했는데, 흑발이의 쌩쌩한 모습을 보자 몸과 마음이 가뿐해졌다.

9월 23일

오늘부터 일주일간 나의 첫 개인전이 열린다. 전시 제목은 〈아득하고 가득한〉. 반려견 비단이는 2019년 크리스마스를 며칠 앞두고 세상을 떠났다. 비단이가 남기고 간 시간을 묵묵히 감당하던 어느 날 내 안에 남겨진 느낌을 하나씩 건져보았다. 그것은 마치 안개 같아서 명확하게 표현할 길이 없었다. 다행히 나에겐 그림이라는 언어가 있다. 흩어진 마음을 다독이며 완성한 그림과 오브제들을 〈아득하고 가득한〉에 담았다. 비단이를 향한 전시회가 아니었다면 나는 진작에 포기하고 말았을 것이다. 비단이와 함께한 기억은 점점 아득해지겠지만, 내게 남은 사랑은 몸과 마음에 가득 새겨져 있음을 알았다. 그래서 나는 울지 않는다. 비단이를 보내고 어느 날 쓴 일기이다.

2020. 4. 9.

비단이가 떠나면서 내 안의 '사랑스러움'이 사라질까 두려웠던 때가 있었다. 비단이가 일깨워 준 '사랑을 느낄 수 있는 마음'을 잃어버릴까 봐 두려웠다. 하지만 지금은 안다. 그것은 사라지는 게 아니라는 것을. 비단이는 그 사랑스러움을 느낄 수 있는 마음을 내 속에 가득 남기고 떠났다. 봄이 한창인 지금 주위엔 온통 사랑스러움을 간직한 것들로 가득하다. 꽃과 새, 나무의 푸른 잎, 보드라운 바람, 맑은 빗방울…… 비었던 마음이 조금씩 채워지고 있다. 이것이 슬픔의 끝을 의미하는 것은 아니다. 슬픔은 다른 것들에 차례차례 자리를 양보할 뿐 사라지지 않는다. 어쩌면 내가 슬픔을 잊게 될 때가 가장 '슬플 때'가 아닐까. 슬픔을 사랑하자. 그래야 기쁨이, 사랑이 온다.

9월 26일

나의 첫 개인전 장소는 서울 북촌의 골목에 있는, 작은 한옥을 개조한 화랑이다. 지난해 초 조용하고 아담해서 좋다며 고른 곳이다. 그때만 해도 코로나로 상가는 문을 닫고 골목은 텅 비었는데, 지금은 코로나 기세가 많이 꺾여 관광객들로 붐빈다. 그러나 인파로 가득 찬 골목과는 대조적으로 화랑 안은 한산하다. 가끔 들어오는 관람객에게 도록을 권하거나, 사진을 찍어도 된다고 말하는 것 외에는 달리 할 게 없어서 몇 시간을 무료하게 앉아있다 돌아온다.

집에서 화랑까지 오는 데 걸리는 시간은 1시간 40분. 오전에는 지하철이 한적하지만, 저녁에는 퇴근하는 직장인들 틈에 끼여 오느라 혼이 쏙 빠진다. '집에 가자마자 쓰러져야지' 하고 간신히 집에 도착하면, 언제 그랬나 싶게 다시 생기가 돌아 저녁을 차려 먹고 창틀의 새들을 확인한다. 나는 어쩔 수 없는 집순이구나 싶다.

흑발이의 덜렁거리던 까만 발가락이 떨어져 나갔나 보다. 아직은 발을 내딛는 게 불편해 보이지만 무리에 섞여 건강하게 잘 지내는 것 같다. 여지없이 멧비둘기 녀석들도 보였는데, 한 어린 멧비둘기가 어른 멧비둘기를 쫓아내는 하극상을 보였다. 9월 초에 나와 눈이 마주쳤던 그 녀석인가? 눈동자는 아직 순진함이 남아있는데 하는 행동은 어른 멧비둘기와 다를 게 없다.

9월 29일

흑발이의 괴사한 발이 혹시나 땅에 떨어져 있을까 하여 보일러실 근처를 기웃거렸다. 서울에서 김 서방 찾기보다는 쉬울 것 같다고 생각했는데, 아니었다. 자잘한 참새 똥만 잔뜩이다.

오른쪽 발가락이 부어있던 동고비 수컷은 상태가 더 안 좋아졌다. 염증이 심한 듯 크게 부풀어 올랐고 절뚝대며 바닥을 딛지 못했다. 화를 잘 내던 녀석이었는데 아프니까 성질이 좀 죽은 것 같기도 하다. 아픈 시기가 얼른 지나고, 흑발이처럼 상처가 잘 아물어 우리 집에 계속 먹으러 와주면 좋겠다.

9월 30일

새들이 가장 못난이가 되는 시기는 머리털을 털갈이할 때이다. 엊그제는 요즘 털갈이 중인 참새들보다 더 엉망인 직박구리가 한 마리 나타났다. 부리에 허연 기운이 있는 어린 직박구리였다. 처음 창틀을 방문하는 새들이 그렇듯, 자세를 한껏 낮추고 순진한 눈으로 두리번거렸다. 해바라기씨를 여러 번 부리로 건드렸지만, 목구멍으로 넘어간 건 하나도 없어 보였다. 옆에서 먹고 있는 동고비와 곤줄박이를 호기심 어린 눈으로 바라보다 작은 소리를 내며 그대로 날아가 버렸다. 직박구리는 나무 열매를 좋아하니까 아무래도 창틀에 자주 올 것 같진 않다.

누가 그러데요.
누구나 못난이 시절은
있다고.

헤헤

10월

따듯하다는 건
살아있다는 것

10월 1일

문득 이번 전시회의 의미를 생각해 보았다. 비단이가 떠
난 뒤 나는 내내 기도하는 심정이었다. 수신자가 누구인지
모를 기도를 했다. 무엇을 바라는지 명확하지 않은 기도는
자꾸만 흩어졌다. 나는 바람에 날리는 비닐봉지처럼 내 의지
와는 상관없이 떠돌았다. 그 기도들은 신기루가 되어 사라졌
다고 생각했다. 그런데 전시회 내내 나는 그 기도들이 나를
위한 기도였음을 어렴풋이 느꼈다. 수신자는 바로 나였다.

10월 2일

전시회를 마무리하고 그림들을 싹 정리해 두고 나니 다

시 태어난 기분이다. 어쩌다 한두 번 전시하기도 이리 힘든데 매년 몇 번씩 하는 분들은 어떻게 감당하는지 모르겠다.

오랜만에 여유로움을 만끽하며 산책에 나섰다. 햇살, 공기, 소리, 이웃들의 모습까지 모두 새롭다. 감나무가 있는 집을 지나는데 할머니들의 말소리가 들려왔다.

"비둘기가 옥상에 자꾸 와서 내쫓았어."

"우리 집도 왔는데 그놈이 글루 갔나? 어휴, 쫓아야 혀! 자꾸 와서 못 써!"

집비둘기를 말씀하시는 듯하다. 의도치 않게 멧비둘기에게 모이를 대고 있는 처지라 굉장히 뜨끔했다. 한편으론 그 말에 크게 공감하며 우리 집 창틀 '웬수덩이'들을 떠올렸다. 싸우고 뿡뿡거리고 털 날리고 먹이는 죄다 먹어 치우고! 게다가 쫓지 않으면 세월아 네월아 자리를 차지해서 다른 새들도 못 오게 하는 녀석들.

'암요, 쫓지 않으면 후회합니다.'

혼자 고개를 주억거렸다.

10월 5일

엊그제 영상에서 보니 오른쪽 발가락이 부어올랐던 수컷 동고비의 상태가 더 심각해져 있었다. 발톱 마디가 기괴하게 위쪽으로 돌아간 것이다. 꽤 아플 것 같았다. 그리고 오늘 결국 발톱 마디가 없는 모습으로 창틀에 나타났다. 아마도 발가락이 떨어져 나가면서 통증은 줄었는지 다시 성질부리는 모습이 많아졌다.

봄에 찍은 영상 몇 개를 다시 돌려보며 발톱을 다친 동고비와 비교해 보았다. 이 녀석, 아무래도 동선이 같은데? 성질내는 폼과 작은날개깃 밑으로 보이는 흰 부분이 동선이와 비슷했다. 새들이 털갈이한 이후에도 개체 특유의 모습이 변하지 않는다는 것은 동백이를 통해서도 확인했다. 다른 동고비에 비해 동백이는 옆구리와 아랫배의 갈색 부분이 좁았는데 이 모습은 털갈이 후에도 유지되었다. 그런데 동백이의 짝이었던 동미는 찾을 수가 없다. 동미 역시 몸통 갈색 부분이 좁은 형태라서 금방 알아볼 수 있는데, 창틀에 오는 암컷 동고비 중에 그런 형태는 보이지 않았다. 어쩌면 8월에 사체를 발견하고 내가 묻어주었던 동고비가 동미는 아니었을까?

지난달 머리에 하얀 점이 있어 '땜빵이'라고 이름 붙였던 쇠박새와 비슷하게 이번엔 뒤통수에 하얀 점이 있는 쇠박새 녀석이 나타났다. 9월 중순부터 하루가 다르게 늘고 있는 쇠박새들 사이에 알아볼 수 있는 쇠박새가 하나 더 생긴 것이다. 이 녀석은 '뒤통이'라고 이름 붙였다. 눈밑점, 땜빵이, 뒤통이. 이제 알아볼 수 있는 쇠박새는 모두 세 마리다. 검은 모자를 쓴 모습이 쇠박새의 특징인데, 흰 털 무늬는 좀 특별하다. 게다가 두 마리씩이나! 혹시 이 녀석들 한배에서 나온 형제가 아닐까?

10월 7일

발톱 마디가 떨어진 수컷 동고비는 동선이 같지만, 확실하진 않으니 '수발'이라고 부르기로 했다. 수발이의 오른발 염증은 많이 가라앉은 듯했다. 붉은 기가 옅어지고 붓기도 눈에 띄게 줄었다. 파일명에 이름을 적으면서 좀 예쁜 이름을 지어줄까 고민도 했지만, 무엇보다 개체를 구분하는 게 목적이니까 그냥 쓰기로 했다. 수발이에겐 미안하지만, 수발이의 상처는 개체를 구분할 수 있는 포인트가 된다. 동백이 이외에 확실히 구분할 수 있는 동고비가 한 마리 늘었다.

지난달부터 동고비 수가 많아졌는데 몇 마리나 오는지

알기 힘들었다. 꽁지깃 털갈이 중인 녀석, 별 특징 없는 녀석에 동백이와 수발이를 더하면 동고비 수컷은 적어도 네 마리이다. 암컷은 한 마리만 알아볼 수 있고, 나머지는 대개가 비슷해 보인다. 예전처럼 집요하게 생김새를 파헤치면 못할 것도 없지만 다시 한번 영상을 하나하나 캡처해 비교하자니, 엄두가 안 난다. 털갈이하던 어치들을 추적할 때 개체 구분에 대한 집념을 모두 쏟아부었나 보다. 이제 힘들어서 더는 못 하겠다.

어제는 어린 물까치가 잠깐 얼굴을 비치고 갔다. 물까치는 두건을 쓴 듯 머리 위쪽만 까맣다. 어린 새끼는 이 부분에 하얀색 꽃가루가 점점이 묻어있어 마치 새치가 난 것처

막둥아, 먹을 게 있는지
구석구석 살펴야 한다.

네-

럼 보인다. 뒤늦은 번식으로 태어났는지 아직 솜털이 보송보송, 창틀을 두리번대는 녀석의 모습이 귀엽다. 아마도 물까치들이 무리 지어서 동네 순방을 하던 중에 들른 것 같다.

'잘 먹고 추워지기 전에 얼른 따뜻하게 단장하렴.'

가을비에 몸이 으슬으슬하다. 비가 하루 종일 내렸다. 지난봄 장롱에 넣어둔 담요를 꺼냈다. 이런 날에는 새들이 밖에서 비 맞으며 먹이를 찾는 게 안쓰러워 창틀 먹이터에 좀 더 신경 쓴다. 영상에는 젖은 모습으로 나타난 새들이 많았다. 집 근처 덤불이 본거지인 참새들만 보송보송했다. 참새 무리에 함께한 흑발이도 열심히 모이를 먹었다. 이제 머리 쪽 털갈이가 시작되었는지 눈 사이 이마 부근에 새로운 털이 자라는 흔적이 보였다. 며칠 지나면 못난이로 변할 것 같다. 그나저나 흑발이의 왼발이 걱정이다. 영화 〈반지의 제왕〉에 나오는 호빗 발처럼 커져 있었다. 다른 참새들의 발과 비교했을 때 눈에 띄게 부어 보였다. 한쪽 발로 다니려니 무리가 갔을까. 하나 남은 발이라도 건강해야 할 텐데 걱정이다.

이렇게 비가 오는데도 멧비둘기들은 평상시처럼 모이를 싹쓸이하고 갔다. 창틀에 오는 멧비둘기는 대체 몇 마리일까? 며칠 동안 영상을 돌려보며 녀석들을 대충 비교해 봤다. 어른 멧비둘기는 다섯 마리 이상, 어린 멧비둘기는 최소 세 마리 이상이었다.

'우와! 이 녀석들 언제 이렇게 늘어난 거야.'

어린 새라고 해서 마냥 성질도 순하겠거니 생각하면 오산이다. 오히려 세상 물정을 몰라서인지 어린 멧비둘기는 다른 새들을 쫓아내고 먹이터를 독차지하려는 모습이 많이 보였다. 어른 멧비둘기까지 쫓아내려 '뿡뿡'거리니 원. 그런데 어른 멧비둘기의 힘차고 선명한 '뿡뿡' 소리에 비해 어린 멧비둘기는 약간 바람 빠진 풍선처럼 덜 여물은 느낌이다. 뿡뿡 소리도 성장하며 연습으로 다져지는 소리라고 생각하니 웃음이 난다.

10월 11일

산책길에 인공 둥지에 들렀다. 8월 중순 이후로 꽤 오랜만에 둥지를 확인하러 간 것이다. 그땐 거미줄이 왕창 끼어 있었는데……. 7월에 확인했을 때보다 훨씬 심해서 흡사 백

년 묵은 유령의 집 같았다. 이번에 더 무시무시한 모습이면 어떡하나, 두려운 마음으로 문을 열었다. 그런데 둥지 안에는 놀랍게도 토실한 도토리가 가득 들어있는 게 아닌가!

'세상에, 이 귀여운 건 또 뭐람.'

고깟 도토리가 뭐라고 마스크 속 입이 헤벌쭉 벌어졌다. 새들의 번식이 끝난 후에도 인공 둥지를 이용하는 동물이 있다는 사실이 기뻤다. 누가 이곳을 드나드는 것일까. 청설모? 다람쥐? 어치? 그런데 둥지 안쪽 벽에는 '거미줄을 짓고 치우며' 근 석 달 동안 나와 신경전을 벌이던 주인공이 자기 거미줄에 쓸쓸히 매달려 있었다. 까만 거미도 이 인공 둥지가 그토록 마음에 들었던 걸까.

죽은 거미에 대한 생각은 잠시뿐, 머릿속엔 온통 도토리 생각뿐이었다. 집에 돌아와 카페에 도토리 사진을 올렸다. 청설모나 다람쥐가 먹이 저장 창고로 종종 이용한다는 답글이 달렸다. 둥지 내부를 찍은 사진을 확대해서 자세히 들여다보니 도토리마다 비슷한 상처가 나있었다.

누구야!

내 허락도 없이

아마도 도토리를 입에 물고 나른 자국 같다. 다람쥐일까?

도토리로 인한 흥분이 쉽게 가라앉지 않았다. 저녁에 창틀 영상을 확인하는데 평소보다 새들이 귀여워 보였고, 멧비둘기의 뿡뿡거림도 덜 거슬렸다. 붉게 익어 반질거리는 산수유 열매 하나를 어잘이가 부리 끝에 물고 나타났다가, 열매는 놔두고 해바라기씨만 가져가는 모습을 한참 바라봤다. 봄에서 여름으로 넘어올 때는 어린 새들이 귀여움을 독차지했는데, 아무래도 가을의 귀여움은 열매들에 양보해야 할 것 같다.

10월 13일

괜히 인공 둥지를 한 번 더 열어보고 싶어서 오후 늦게 산책을 나섰다. 부지런한 녀석인지 인공 둥지엔 그새 도토리가 더 늘었다. 이런 기세라면 나중엔 도토리가 와르르 쏟아질까 봐 열어보지도 못하는 거 아닐까. 그런 장면을 상상하며 혼자 웃었다.

동네를 조금 더 걷다가 집으로 오는 길에 또 작은 새가 죽어있는 걸 보았다. 8월 말에 동고비 사체를 발견했던 바로 그 자리였다. 뭉글뭉글하던 마음이 순간 쪼그라들었다. 그

때는 의심만 했는데 이젠 확실하다. 유리창 충돌로 인한 죽음! 동일한 자리에서 새의 사체가 발견되는 것이 그 증거이다. 주택 유리창에 부딪혀 길바닥에 떨어진 뒤 자동차에 깔리면 사체가 뭉개진다. 그러면 자동차 사고인지 뭔지 알 수가 없다.

오늘은 다행히 온전한 상태였다. 급한 마음에 얼른 맨손으로 새를 주웠다. 손안에 쏙 감싸 쥐어질 만큼 작은 쇠박새였다. 털갈이를 마친 상태라 깃털은 매우 깨끗했고, 발가락은 꼭 오므려져 있었다. 그냥 잠든 듯 보이지만 차가웠다. 부드러운 털 밑으로 느껴지는 이 차가움이 처음은 아니다. 반려견 비단이가 떠난 날, 병원 상자에 담긴 비단이를 이불 위에 놓고 하룻밤을 함께 보냈었다. 부드러우면서도 딱딱하고 차가운 비단이의 얼굴과 등을 잠들기 전까지 오래오래 쓰다듬었다. 쇠박새의 그 작은 머리와 감긴 눈, 가느다란 발을 집게손가락으로 쓰다듬었다. 우리 집에 모이를 먹으러 오던 쇠박새였을지도 모른다는 생각에 마음이 무거웠다.

쇠박새의 온전한 사체를 보니 문득 새의 박제를 공부하고 있다는 SNS 이웃 작가님이 떠올랐다. 연락하니 흔쾌히 받아주신다고 하여, 며칠 뒤에 건네드리기로 했다. 그전까진 남편 몰래 냉동실 서랍에 보관해야겠다. 7월에 우리 집 창문에 큰오색딱따구리가 부딪힌 이후로 자꾸 새들의 유리창 충돌을 목격하는 느낌이다. 철새들이 이동하는 시기에 유리창 충돌이 많다는 이야기는 들었지만, 큰오색딱따구리나 쇠박새는 텃새이다. 자기들의 생활영역에서 이런 사고가 일어난 것이다. 새들의 유리창 충돌은 우리 주위에서 생각보다 많이 일어나고 있는 게 아닐까.

10월 17일

요즘 창틀에 가장 자주 들르는 새는 쇠박새이다. 엊그제 오전에는 무려 602번이나 왔는데, 오늘도 406번 왔다 갔다. 그다음으로 많이 오는 새는 동고비이다. 엊그제 오전에는 326번, 오늘 오전엔 289번, 진짜 부지런하기도 하다. 이에 비하면 하루 100번 전후로 찾아오는 박새는 전보다 덜 오는 편이다. 봄부터 여름까지 쇠박새와 박새는 늘 방문 횟수가 비슷했다. 그래서 비슷하게 늘어야 맞을 것 같은데 예상과 달랐다. 반년 넘게 창틀에서 새들을 지켜봤지만, 아직 흐름을 파악하기에는 부족한 것 같다.

오전에 왔던 한 동고비 암컷이 연두색 동그란 열매를 입에 물고 나타났다. 평소에는 해바라기씨를 쪼개 먹고 갔는데, 오늘은 벽돌 틈에 열매를 끼워두고는 해바라기씨 두 개를 물고 돌아갔다.

벌레 물고 오던 모습만 보다가, 가을이라고 열매를 물고 오는 새들을 보니 왠지 사랑스럽다. 가을이 아름답게 익어 갈수록 멧비둘기의 '뿡뿡' 소리도 한층 요란해졌다. 요즘은 어린 멧비둘기까지 가세해 시도 때도 없이 울어댄다. 어린 멧비둘기 소리는 덜 여문 소리 같다고 느꼈는데, 오늘 보니 어른 멧비둘기 중에도 작고 짧게 '뿡' 소리를 내는 녀석이 있었다. 이렇게 개체마다 내는 소리가 다르니 뭔가 풍성한 느낌이 들기도 한다. 비둘기 합창단이 따로 없다.

그렇게 생각을 바꾸니 들을 만하다.

10월 19일

여름엔 6시에 일어나도 날이 밝으니 일찍 일어난 느낌이 들지 않았다. 그런데 요즘은 같은 시간에 일어나도 어둑어둑해서 마치 내가 엄청나게 부지런해진 것 같다. 어쩌다 일찍 일어나는 날이면, 창틀에 가장 먼저 오는 새가 누구인지 궁금해 해뜨기 전부터 창틀 촬영을 시작한다. 일등은 대부분 쇠박새다. 그리고 가장 늦게, 마지막에 오는 새도 쇠박새다. 하여간 부지런하고 야무진 녀석들이다. 또 한 번 오면 해바라기씨나 땅콩 조각을 꼭 2개 이상 물어간다. 그래서 한번에 하나만 물어가는 박새와 달리 창틀에 머무는 시간이 조금 더 길다.

얼마 전 이름을 지어준 '뒤통이'는 쇠박새 중에서도 유독 머무는 시간이 긴 녀석이다. 모이를 고르는 데 혼이 빠져 참새 무리에 갇히기도 하고, 다른 새가 있으면 눈치를 한참 보기도 한다. 모이를 부리로 물 때도 어찌나 신중한지 뒤통이가 겨우 한 알 물고 가는 사이에 다른 쇠박새들은 여러 번 물어 나른다. 재빠르고 야무진 쇠박새들 사이에서 뒤통이는 좀 어리숙하게 보인다. 하지만 영 모자란다는 느낌은 아니다. 느리지만 완벽을 추구한달까. 또 겁이 많은 것처럼 눈치를 보면서도 쉽게 포기하고 물러서는 법은 없기 때문이다.

새들도 사람처럼 성격이 가지각색이라더니 뒤통이를 보고 있으면 새들의 성격이라는 게 어떤 건지 조금은 알 것 같다. 처음엔 단순히 개체 구분이 가능해서 눈여겨봤지만, 지금은 뒤통이의 성격이 귀여워 자꾸 눈길이 간다.

10월 22일

창틀에서 가장 많이 싸우는 건 참새들이다. 날개를 펴고 다리를 뻗치며 말 그대로 치고받는다. 박새도 성질을 많이 내는 편이긴 한데, 막상 몸으로 부딪쳐 싸우는 일은 별로 없다. '캬- 캬-' 소리를 지르며 날개를 펴서 과시하는 정도에 그친다.

동고비의 경우 수컷이 좀 호전적이다. 뭔가 거슬리면 길고 뾰족한 부리를 내세워 바로 돌진해 버린다. 하지만 상대도 그만큼 잽싸게 피해 싸우는 모습을 보기는 힘들다. 반면 동고비 암컷은 온순한 편이다. 수컷이 먼저 창틀에 와있으면 얼른 물고 가거나, 잠깐 자리를 피했다가 다시 오곤 한다. 동고비 암컷도 같은 암컷이나 작은 새들에게는 공격성을 보이지만, 그야말로 가끔 있는 일이다. 그런데 오늘, 수컷의 공격을 피하지 않고 맞서 싸우는 동고비 암컷이 있었다. 여태

껏 본 암컷들의 모습과 너무 달라 혹시 수컷인가 하고 꽁지 밑을 자세히 살폈는데, 분명 굴색으로 암컷이 맞았다. 그렇다면 동고비계의 걸크러쉬인가?

창틀에서 새들이 싸우고 다급하게 행동하면 발길질이나 날갯짓에 해바라기씨와 땅콩 조각이 밑으로 떨어진다. 보일러실 지붕이나 그 근처 땅바닥에 떨어진 먹잇감을 먹으려고 이곳을 종종 기웃거리는 새들도 볼 수 있다. 가끔 보일러실 근처에서 뭔가 기회를 노리는 듯 웅크리고 있는 고양이를 본 적이 있는데, 왠지 이런 새들을 노리고 있던 것만 같다. 예전에 고양이가 새를 잡아 물어가는 걸 본 적이 있다. 그러니 더 신경이 쓰인다.

가만 생각해 보면 고양이보다 작은 새들이 더 고난도의 삶을 살고 있는 게 아닐까. 고양이 역시 동족과 인간, 자동차를 조심하며 살아가지만, 작은 새들은 고양이, 큰 새, 뱀, 유리창, 인간, 자동차 등 사방이 위험투성이다.

10월 26일

틈틈이 멧비둘기들을 쫓아내지만, 효과는 별로다. 아니, 오히려 더 많아진 것 같다. 요즘엔 네다섯 마리가 한번에 몰려와 먹는 장면이 종종 보인다. 우르르 먹어대느라 카메라 렌즈까지 가려져 정신이 없다. 이렇게 멧비둘기들이 휩쓸고 가면 먹을 게 똑 떨어지니 참새나 다른 새들은 당황해하며 구석에 흩어진 모이들을 찾아 입맛만 다신다. 하는 수 없이 작은 새들을 위해 모이를 다시 채워놓곤 하는데, 지난달 주문한 양이 거의 십만 원어치였다. 그중 반 이상은 멧비둘기들 배 속으로 들어갔겠지, 아 속이 쓰리다.

어치나 까치는 창틀 모이를 어쩌다 먹는 간식으로 여기는 듯한데, 멧비둘기는 아예 주식으로 삼고 있는 것 같다. 이 녀석들 먹이느라 우리 집 생활비까지 계산하게 될 줄은 생각도 못 했는데 당황스럽다. 멧비둘기들 때문에 모이가 금방금방 떨어진다고 하자 남편은 대수롭지 않게 여겼다.

"까짓것, 얼마나 먹는다고, 아끼지 말고 팍팍 줘."

만약 모이에 드는 비용을 알면 남편이 "내가 언제 그랬냐!" 하고 정색하며 말을 바꿀 수도 있으니 당분간 알리지 말아야겠다.

10월 29일

쇠박새 사체를 발견한 후 새들의 유리창 충돌에 대해 검색해 봤다. 관련 뉴스는 제법 있지만 체계적인 자료는 드물었다. 시대를 따라가지 못하는 나의 검색 능력을 탓하다가 국립생태원에서 2018년에 발간한 《야생조류와 유리창 충돌》 자료를 찾았다. PDF 파일을 내려받아 읽어보니 조류의 유리창 충돌에 관한 문제와 해결 방안 등이 잘 설명되어 있었다. 이 자료로 궁금함은 어느 정도 해소되었지만, 안타까움이 더 커졌다. 자료를 보면 아직 우리나라에서는 조류 충돌에 관한 조사 자체가 제대로 돼있지 않았다. 그래서 대부분 해외 연구자료와 사례를 이용해 방향을 잡아나가는 듯했다. 이 때문에 정책적으로는 미미하고 시민단체의 활동이 더 많은 것 같다.

여름에 조류 충돌 방지 필름을 구매하면서 왜 사용 후기가 없는지 궁금했는데, 이제 알 것 같다. 만약 자기 집 유리창에 새가 부딪혀 죽는다면 어떻게 해야 할까. 방지책을 마련하거나 외면하거나 둘 중 하나다. 방지 필름을 구입하는 등의 조치를 한 사람이 드물다면 외면한 사람이 그만큼 많다는 의미다. 이는 사람들이 새들의 죽음에 별 관심이 없다는 뜻이기도 하다.

미국에서만 연간 3억 5천 마리에서 9억 9천 마리의 새가 유리창에 희생당한다는 자료가 있다. 우리나라의 경우는 정확한 수치를 알 수 없지만, 도시 밀집도가 높으니 그 수가 만만치 않을 것이다.

쇠박새 사체를 발견하고, 온라인 기반 자연 활동 공유 플랫폼인 '네이처링 앱(www.naturing.net)'에 사진을 올린 이유도 '야생조류 유리창 충돌 조사 미션' 연구에 작은 도움이 되고 싶어서다. 언제, 어디서, 어떤 새가, 어떤 모습으로 죽었는지 짧은 기록과 함께 새들의 주검 사진이 올라와 있는 모습은 정말이지 너무 슬프고, 끔찍하고, 아프다.

10월 31일

동고비의 꽁지깃 밑을 보고 암수를 구분할 수 있게 되자 자꾸 그 부분을 확인하게 된다. 오늘은 꽁지깃의 좀더 아랫부분에까지 시선이 갔다. 아마도 똥구멍(총배설강)이 있는 자리인 것 같은데 그 근처로 흰색 털이 둥글게 나 있었다. 평상시 별로 신경 쓰지 않던 부위에 갑자기 눈이 간 이유는 그 부위의 털이 똥구멍의 움직임에 따라 벌어지고 오므라지는 것을 발견했기 때문이다. 이 재밌는 걸 왜 이제야 발견했지? 설마 저 흰 털은 동고비의 똥구멍 부위를 나타내는 건가? 어쩐지 변태 같은 느낌이 들지만, 이제부턴 엉덩이도 유심히 봐야 할 것 같다.

11월

지난여름부터
준비한 외투를 꺼낼 시간

11월 2일

인공 둥지는 두 번의 번식을 치르고 난 뒤 다람쥐(?)의 먹이 창고로 변했다. 지금은 3분의 1가량이 도토리로 차있다. 지난번에 문을 열 때 도토리가 서너 알씩 떨어졌기 때문에 앞으로는 열어보지 않을 생각이다. 둥지 안에 드나들려면 여유 공간이 필요하니까 창고 주인도 더는 채우지 않을 것 같다. 겨우내 먹을 양식으로 그득한 창고를 보니 내 배가 다 든든한 느낌이다.

가벼운 걸음으로 산책하는데 제법 굵은 벚나무에 작은 구멍이 뚫린 사이로 도토리가 빼꼼 나와있었다.

'여긴 또 누구의 창고일까?'

도토리 몇 알이 옹기종기 들어있는 모습이 귀여워 구멍

안을 한참을 들여다봤다. 다들 겨울 준비를 열심히 하는 모양이다.

오늘 찍은 창틀 영상을 저녁에 확인하던 중, 오후 늦게 들렀던 박새가 아몬드를 몇 번 쪼다가 내버려 둔 채 그냥 가는 모습이 보였다. '어?' 혹시나 하고 창문을 열어보니, 창틀에 아몬드가 그대로 있었다. 아몬드에는 박새가 부리로 콕콕 쪼은 작은 구멍이 보였다. 대략 2mm 정도 되는 듯했다.

'요게 박새 부리로 만든 구멍이란 말이지?'

박새가 흔적을 남긴 아몬드라서 그런지 손바닥 위에 놓인 게 아몬드가 아니라 마치 박새라도 되는 듯한 묘한 느낌이 들었다. 박새가 작은 해바라기씨 한 알을 먹는 데 걸리는 시간은 대충 50초 내외이다. 요런 작은 구멍만큼씩 열심히 쪼개 먹느라 부리에 그런 자잘한 가루가 묻는 거였구나.

너무 단단할 걸?

11월 5일

동고비가 이전엔 안 하던 행동을 하고 있다. 창틀 위에 있는 아몬드를 하나 빼서 먹지 않고 벽돌 위에 덩그러니 놓아두는 것이다. 해바라기씨나 땅콩 조각이 아니라 꼭 통아몬드이다. 정작 모이를 실컷 먹은 뒤에는 벽돌에 따로 빼놓은 거 말고 다른 아몬드를 물고 날아간다. 동고비가 빼놓은 아몬드는 참새의 발길질에 아래로 떨어지거나 박새나 곤줄박이가 물어간다. 이유가 뭘까. 10월 21일에 동백이가 처음으로 이런 행동을 했고, 이후로 다른 동고비도 같은 행동을 한다. 벌써 일곱 번째다. 분명 무슨 이유가 있는 행동일 것 같은데 알 길이 없다. 아, 동백이가 말을 할 줄 알면 좋을 텐데!

어치는 한동안 뜸하더니 요 며칠 다시 자주 보인다. 신기한 건, 어벌이와 어잘이가 계속 같이 온다는 점이다. 어잘이가 다녀가면 바로 뒤이어 어벌이가 오거나, 어벌이가 다녀가고 몇십 초 뒤 어잘이가 다녀가는 식이다. 우리 집 창틀에 들르는 어치는 몇 마리 되지 않는다. 자주 오는 것도 아니고 어쩌다 가끔 오는데 어치 두 마리가 함께 다니는 게 흥미롭다. 어잘이는 봄부터 죽 오던 녀석이지만 이전에는 커플로 다니는 모습은 보지 못했다. 게다가 어벌이는 8월 중순부터 새로 오기 시작했다. 이거 뭐지, 창틀에서 만난 두 녀석이 절친이라도 된 건가?

11월 8일

개기월식을 볼 수 있다고 해서 저녁 8시쯤 밖으로 나갔다. 산자락 위로 불그스름한 빛깔을 뒤집어쓴 달이 보였다. 슬리퍼에 겉옷만 대충 걸치고 나온 터라 춥고 해서 얼른 사진 몇 장을 찍은 뒤 들어가려는데 근처 주민이 창문을 열어 밖을 살피다 한마디 하셨다.

"아, 달 사진 찍는구나! 어유 저거 봐라, 이쁘네."

조용한 저녁 시간이라 찰칵 소리가 거슬렸던가 보다. 뻘쭘해서 얼른 집으로 돌아와 오늘 창틀에 온 녀석들을 확인했다. 쇠박새가 425번으로 역시나 제일 많았고, 박새 174번, 동고비는 116번으로 그 뒤를 이었다. 곤줄박이가 99번으로 아쉽게 세 자릿수 밑이었고, 어치는 4번 왔다 갔다. 그런데 어라? 이상하게 멧비둘기가 보이지 않았다. 웬일이지, 이럴 녀석들이 아닌데. 내 등쌀에 드디어 포기한 걸까? 어쨌든 오래간만에 평화롭다. 이 느낌이 오래오래 가기를!

오늘도 동고비가 아몬드 하나를 벽돌 위로 옮겨놓았다! 도대체 왜? 이제는 너무나 궁금해져서 그동안의 영상을 죽 훑어봤다. 특징적인 건 아몬드를 옮겨놓은 동고비가 모두 수컷이라는 것뿐. 혹시 뒤에 오는 암컷 먹으라고 챙겨주는 걸까. 사실 동고비는 마치 가부장제를 따르는 것처럼, 암수가 한 밥상에서 먹지 않는다. 수컷이 있으면 암컷은 찍찍거리며 피하기 바쁘고, 수컷이 자리를 떠난 뒤에야 바로 와서 먹는 식이다. 곤줄박이처럼 암수가 소리를 주고받으며 식사하는 친근한 모습은 없다. 그래도 암컷과 수컷은 주로 같이 다니는 걸 보면 이런 '츤데레' 같은 상상도 할 수 있지 않을까? 뒤에 오는 암컷 먹으라고 맛있는 아몬드를 챙겨 놓는 로맨틱한 상상?

11월 10일

단풍이 물든 가을 풍경을 크로키 하면 좋겠다고 생각만 한 지 오래다. 이러다 나뭇잎 다 떨어지지 싶어 스케치북을 들고 집 밖으로 나갔다.

공원 입구 냇물에는 직박구리 여러 마리가 목욕하느라 소란스러웠다. 날갯짓하며 찰박거리는 모습을 영상으로 찍을까 하다가, 여기서 또 마음 뺏기면 안 되지 싶어 공원 광장으로 걸음을 재촉했다.

초록빛을 거두고, 붉게 깊어가는 가을 산을 배경으로 산책하는 사람들을 흘긋거리며 연필 쥔 손을 열심히 놀렸다. 사위가 어둑해지고 곧 해가 질 것 같아 30분 만에 일어섰

다. 연못에 둥둥 떠다니는 오리들 좀 바라보다 천천히 집으로 돌아왔다.

외출 전 넉넉히 채워놨던 창틀의 해바라기씨가 거의 없어졌다. 물론 멧비둘기 짓이다. 이 녀석들이 안 보인 건 엊그제 단 하루뿐이었다. 그러면 그렇지. 멧비둘기의 집착은 쉽게 사그라지지 않지.

동고비 엉덩이 털에 흥미를 느낀 이후 다른 새들의 엉덩이도 유심히 보고 있다. 곤줄박이는 모이만 물고 급히 날아가니까 자세히 볼 시간이 안 되고, 쇠박새의 엉덩이는 별 특징이 없다. 참새의 엉덩이는 약간 불룩한 게 기저귀 찬 아기 엉덩이가 떠오른다. 그리고 털 방향에 따라 가운데에 줄이 보여서 좀더 엉덩이 같은 느낌이 든다. 박새는 암컷과 수컷의 모습이 다르다. 수컷은 검은 배 줄이 엉덩이와 아래꼬리 덮깃까지 연결된 모습이고, 암컷 엉덩이에는 배 줄이 보이지 않는다. 동고비처럼 똥구멍 주변으로 검은 털이 조금 보이는 정도다. 너무 시커먼 수컷보다는 암컷의 엉덩이가 훨씬 귀엽다.

11월 13일

갑자기 참새들이 잘생겨졌다. 여러 마리 중에 두세 마리는 꼭 못난이 참새가 있었는데, 모두 말끔했다. 어느 틈에 털갈이를 끝낸 건지 신통방통했다. 참새의 털갈이를 끝으로 창틀에 오는 새들은 모두 겨울 채비를 마쳤다. 아참, 멧비둘기 빌런 몇 마리는 아직이다. 털갈이 중인 두세 마리의 멧비둘기는 건드리기만 해도 털이 쏟아진다. 서로 싸우는 시늉만 하며 그다지 움직이지도 않은 듯한데 어찌나 털이 날리던지. 창틀이 털 뭉치로 금세 지저분해졌다.

멧비둘기는 다른 새들에 비해 깃털이 잘 빠지고 많은 편인 듯하다. 한 녀석은 가슴 쪽에 베개 솜 터진 것처럼 깃털이 뭉게뭉게 헤집어져 있었다. 창틀 주변에 온통 멧비둘기 털이 날리는 게 여간 신경 쓰이는 게 아니다. 덩치가 커서 그런지 털갈이도 대단하다! 사실 그동안 멧비둘기 똥을 계속 걱정했는데, 예상보다 자주 싸놓지는 않아 그건 너무 다행이었다. 하지만 이제 털이 걱정이라, 멧비둘기와 잘 지내기는 여러모로 쉽지 않다.

지난달까지만 해도 뻔질나게 드나들던 동고비의 방문 횟수가 줄었다. 반나절에 250번 내외로 찾아오곤 했는데, 요즘은 3분의 1 수준이다. 수발이도 요즘 잘 안 보이고 다른 동고비들도 전체적으로 창틀에 자주 오지 않는다. 그러고 보니 수컷이 아몬드를 따로 빼놓던 시기부터 방문 횟수가 줄었다. 두 사건 사이에 무슨 연관이 있을까?

11월 15일

광장히 온화한 날이 이어지고 있다. 11월이 아니라 10월이 끝나지 않은 느낌이다. 몇 년 전까지만 해도 이맘때 첫눈이 내리곤 했다. 11월 둘째 주에 치러지는 수능시험 때마다 항상 추웠기 때문에 '수능 추위'라는 말도 있다. 그런데 올해는 웬일일까? 아직 가벼운 옷차림으로 산책을 즐길 수 있어 좋긴 하지만, 11월이 이렇게 포근해도 되는 건가 싶다.

아침에 일어나 잠을 깨려고 침대에서 내려와 서늘한 맨바닥에 잠깐 누워있을 때가 있다. 10월 말이었나, 맨바닥에 누워있는데 어슴푸레한 창밖에서 어서 일어나라는 듯한 직박구리의 쾌활한 소리가 들렸다. 문득 새들의 일과가 궁금해졌다. 그래서 이튿날부터 창틀에 처음 오는 새와 마지막으로 오는 새를 기록했다. 일출 시각과 일몰 시각도 함께 적어놓았다. 창틀에 처음 오는 새와 마지막으로 오는 새의 모습을 영상으로도 따로 남기기로 계획을 세웠다. 몇 달치를

하나로 모으면 그 자체로 의미 있고 흥미로운 영상이 될 것 같았다.

　어제는 해뜨기 전, 밤사이 켜있던 가로등이 꺼질 무렵에 쇠박새가 찾아왔고, 오늘 마지막으로 온 새 역시 쇠박새였다.

짹짹 -

새들은 눈을 뜨고 잔다? 매, 오리, 갈매기 등은 한쪽 눈을 뜬 채 잔다. 모든 새를 조사한 적은 없다. 오른쪽 눈을 뜨고 자는 새는 뇌의 좌반구가 휴식을 취한다. 한쪽 눈을 뜨고 자는 것은 근처에 포식자를 감시할 때이다. 또 날면서 자기도 한다. 유럽의 한 공군 조종사가 작전 수행 중에 하늘을 활강하며 꼼짝도 하지 않은 채 잠자는 칼새를 목격하기도 했다. (《새의 감각》, 팀 버케드, 노승영 옮김, 에이도스)

11월 16일

박샛과의 새 중에서 화를 가장 많이 내는 건 박새이고 제일 점잖은 건 곤줄박이이다. 물론 우리 집에 오는 곤줄박이가 몇 마리 안 돼서 일반화할 수는 없지만, 녀석이 여태껏 성질부리는 모습은 거의 본 적이 없다. 그런데 오늘 등 털을 부풀리고 짧은 날개를 퍼덕대며 화내는 모습이 보였다. 무슨 일이 있었나 싶어 영상을 찬찬히 돌려 보니, 창틀의 다른 곤줄박이한테 그러는 거였다. 사실 곤줄박이들은 특별히 관심 있게 보지 않았다(창틀에 오는 횟수와 머무는 시간이 너무 짧다). 개체 구분이 안 돼서 잘 알 수는 없지만 혹시 새로 온 낯선 곤줄박이라도 있는 걸까? 수첩을 확인하니 요즘 곤줄박이의 방문 횟수가 두 배 가까이 늘었다. 어느 날엔 네 배도 넘었다. 이 정도면 새로 온 '뉴비 곤줄'이 있다고 봐야 할 것 같다.

11월 17일

가을을 지나며 창틀에 오는 새들이 계속 늘고 있다. 이 중에 새로 온 새를 알아보는 방법은 의외로 간단하다. 다른 새들이 뭘 하든 아랑곳없이 모이를 먹거나 집어 가기 바쁘다면 창틀에 익숙한 '고인 물' 새들이다. 뉴비들은 일단 등장하는 모습부터 색다르다. 창문 위쪽에 착지해서 벽돌로 내려오는, 나름 우회로를 이용한다. 아니면 창문의 모서리에 착지하는 등 어수선한 모습을 보인다. 고개를 쭉 빼고 창틀 쪽과 주변을 두리번두리번하다가 다른 새가 오면, 구석으로 물러선다. 일단 여기가 뭐 하는 곳인지 열심히 살피는 듯하다. 뉴비의 행동 가운데 가장 눈에 띄는 점은 미끄러운 창틀에 제대로 올라설 줄 모른다는 것이다. 꾸준히 오던 새들은 어느 정도 높이로 뛰어야 모이가 있는 창틀까지 한번에 올라설 수 있는지 알고 있다. 점프 동작에 군더더기가 없다. 하지만 뉴비들은 하나같이 창틀에 올라서는 게 미끄러운지 여러 번 헛발질한다. 그런데 신기하게도 새는 적응력이 빨라서 대부분 몇 번만 들락거리면 '뉴비티'를 벗는다.

11월 18일

제법 큰 어치의 부리 안에 아몬드가 몇 개까지 들어갈까? 최대 6개가 들어간다! 이달 초에 새로 온 어치를 보고 알게 된 사실이다. 이 녀석은 '어대'라고 이름을 붙였는데, 한번 올 때마다 아몬드를 5~6개씩 부리 안에 가득 넣어갔다. 그에 비해 어벌이는 아마 자주 오기 때문인지 잽싸게 날아와 한

두 개 물고 얼른 돌아간다. 봄에는 주로 해바라기씨를 놓아 둬서인지 물고 가기보다는 창틀에서 먹고 갔다. 6월 중순 무렵 통아몬드를 주면서부터, 어치는 작은 모이는 별로 안 먹고 땅콩과 통아몬드 위주로 물어갔다.

'숨겨 뒀다 나중에 찾아 먹으려는 거지?'

어치는 다람쥐처럼 먹이를 저장하는 새로 유명하다. 알이 큰 아몬드나 땅콩은 저장하기 알맞은 크기라 가져가는 게 아닐까 싶다. 어치는 먹이를 어디에 숨겨놓을까. 대개 햇볕이 잘 드는 땅에 묻고 낙엽을 덮어 둔다고 한다. 기억력이 좋아서 숨긴 장소를 잘 찾아내는데, 겨울에 눈이 쌓이면 찾기 곤란하니 볕이 잘 드는 땅을 고를 만큼 머리가 좋다.

11월 21일

아침에 일어나 탐조 노트를 훑어보다 동고비들이 생각났다. 동고비 암수는 왜 다정하지 않을까. 어치와 곤줄박이들은 암수가 늘 같이 다닌다. 하지만 지금까지 창틀에서 본 동고비 부부의 모습은 다른 새들과 다르다. 암컷이 늘 수컷을 경계한다. 먼저 와서 먹다가도 수컷이 오면 찍찍거리며 멀찍이 떨어진다. 수컷이 가고 나서야 다시 와서 먹었다.

내 눈에 자꾸 동고비의 암수 관계가 거슬리는 건 우리 부모님 세대가 떠오르기 때문이다. 남편은 왕이고 아내는 찍소리도 못하는 전형적인 가부장제의 모습. 동고비 암수가 이런 긴장된 관계로 진화한 데는 나름의 이유가 있을 테지만, 새일지언정 요즘 같은 페미니즘 시대에 그런 모습을 보고 있자니 불편하긴 하다. 또 암컷을 위해 아몬드를 따로 챙겨두는 것이라고, 로맨틱한 상상을 불러일으켰던 동고비 수컷들의 행동은 8일이 마지막이었다. 더 이상 같은 행동을 보이지 않는다.

뭐야, 이 녀석들. 왜 그런 거야!

오전에 탐조 관련 단톡방에 AI(고병원성 조류인플루엔자)에 관한 주의 사항이 올라왔다. 솔직히 조류독감에 대해 잘 모르니까 막연한 불안감이 없지 않았다. 그저 '겨울에 철새들에 의해 옮길 수 있는 감염병' 정도로만 알고 있을 뿐이다. 단톡방 주의 사항에는 사람도 감염될 수 있으니 탐조 시 새가 많은 곳에는 가까이 가지 말고, 탐조 후에 손과 신발도 씻으라고 쓰여있었다. 물론 나야 탐조하러 돌아다니는 사람이 아니라 별 상관은 없을 것 같지만, 괜히 창틀에 오는 녀석들까지 의심의 눈초리로 보게 됐다. 검색을 해봐도 야생 물새, 밀집 사육되는 가금류 등에 관한 기사가 대부분이어서 나처럼 집 창틀에 새가 드나드는 경우는 어느 정도 위험한 건지 알 수가 없었다. 완전히 안심할 만한 기사는 찾을 수 없었다. 그나마 비둘기는 AI에 걸린 게 보고된 적 없다거나 참새나 직박구리 등 텃새는 AI를 보균하고 있지 않다는 기사가 도움이 됐다. 아무튼 우리 집에 오는 새들이 조류독감에 걸릴 확률은 아주 낮은 것 같다. 그나저나 AI가 번지면 동물들이 살처분될 텐데, 제발 조용히 지나갔으면 좋겠다.

11월 25일

아침을 먹으며 뉴스를 봤다. 공동주택(아파트)의 에어컨 실외기로 날아드는 비둘기에게 모이를 주는 주민 때문에 이웃들이 불편해하는 내용이 있었다. 뜨끔했다. 본의 아니게 멧비둘기가 우리 집 창틀에서 걸식하고 있으니 말이다. 작은 새들 생각하면 모이를 줄일 수는 없는데, 아니 곧 겨울이고 추위가 닥치지 않겠는가. 오늘도 별 소득 없는 고민만 한참 했다.

11월 26일

열흘 전부터 창틀에 가장 일찍 오는 새와 마지막으로 오는 새의 영상만 따로 저장하고 있다. 오전 촬영 날은 처음 온 새를, 오후 촬영 날은 마지막 새를 저장한다. 주인공은 대부분 쇠박새이다. 적어도 해뜨기 20분 전에는 촬영 버튼을 눌러 놔야 누가 처음 오는지 알 수 있는데 오늘은 딴생각하느라 촬영이 좀 늦어졌다. 기록은 못 남겼지만, 쇠박새일 확률이 가장 높다.

창틀의 모습은 이처럼 하루하루가 비슷해서 지루하게 느껴질 때도 있다. 오는 새들의 종류가 늘 똑같고 번식과 털갈이도 끝나 더 이상 변화나 새로운 모습을 찾기 힘들다. 그런 와중에도 지루한 영상 확인 작업을 계속할 수 있는 건 이름을 붙인 몇몇 새들과 가끔 보이는 박새들의 잔망스러운 몸짓 덕분이다. 박새 중에는 '캬- 캬-' 거리며 무섭게 화내는 녀석도 있지만, 웃기고 어설픈 과시행동을 하는 박새도 종종 보인다. 혹시 올해 태어난 박새라서 동작이 굼떠서 그런가? 한 녀석은 쇠박새를 이리저리 따라다니며 쫓아내기도 하고, 한 녀석은 습관처럼 날개를 움찔거리고 있다. 분명 창틀의 서열 막내는 쇠박새지만 하는 짓만 보면 박새가 가장 막내답다.

11월 28일

요즘 박새가 전보다 자주 오고 있다. 이달 초와 비교하면 두 배 가까이 늘었다. 쇠박새도 30% 가량 늘어서 600번 전후로 오고 있다. 박새와 쇠박새만 보자면 오전보다는 오후에 조금 더 많이 오는 편이다. 다른 새들은 창틀에 오는 마릿수가 적다 보니 일정하지 않다. 어치도 마찬가지고, 오는 횟수가 다섯 번 내외로 적다. 그런데 요즘도 항상 어벌이와 어잘이가 같이 온다. 최근에는 어대와 어린이도 함께 다니기

시작했다. 원래 이맘때는 둘씩 짝지어 다니는 건지 아무튼 그전과는 다른 모습이다.

오늘은 창틀 촬영 이후 처음으로 어치의 똥을 봤다. 어잘이가 들른 후 곧이어 어벌이가 와서 응가를 하고 바로 떠났다. 끝부분에 흰색이 조금 있을 뿐 전체가 갈색으로 약간 굴곡이 있는 애벌레 모양이었다. 잠시 후 쇠박새가 모이를 먹으러 왔다가 발로 건드렸는데 그대로 도르르 떨어졌다. 아마 단단하고 습기도 없는가 보다.

어치가 좋아하는 먹이는 도토리이다. 도토리에는 탄닌 성분이 많다고 들었다. 탄닌을 많이 먹으면 변비가 생길 수도 있다던데, 어치 똥이 단단해 보이는 건 도토리를 많이 먹기 때문일까? 똥 상태는 때마다 다르겠지만 이 정도면 비둘기 똥과는 달리 얼룩도 없고 치우기도 쉬울 것 같다. 마음에 드는 똥이다.

11월 30일

한동안 포근해서 지금이 겨울인 걸 깜박 잊었다. 새벽에 갑자기 찾아온 한파로 전기장판을 켰는데도 집 안에 냉기가 가시지 않아 보일러를 틀었다. 드디어 보일러 가동 개시!

새들도 갑작스러운 추위에 놀랐는지 몸통이 동그래져서 왔다. 어제까지만 해도 날씬했는데, 오늘 쇠박새와 동고비는 특히 통통해졌고 박새, 곤줄박이도 털을 한껏 세운 모습이었다. 털을 부풀리면 털 사이사이에 따뜻한 공기를 가둬 일종의 단열재 효과를 볼 수 있다고 한다.

참새들이 단체로 동그래지면 더 귀여울 것 같아 그 모습을 기대했지만, 참새는 평소와 별 차이 없었다. 무리 지어 다니면 덜 추운가? 참새는 추위를 덜 타나?

그동안 몸통이 동그란 새들을 보며 귀엽다고만 생각했지, 그게 생존을 위한 반응이고 그만큼 새들이 추위를 느끼고 있다는 건 생각하지 못했다. 여름과 가을에 그토록 열심히 털갈이했던 건 이런 추위에 대비한 거였다.

한 생명의 고통을 덜어준다면,
할딱거리고 있는 상처 입은 작은 새 한 마리를
자기 둥지로 되돌아가게 해준다면
나는 헛된 삶을 살지 않았다.
—

에밀리 디킨슨(시인)

PART 4

겨울

아무것도 자라지 않는 것처럼 보이지만

12월

어제도 오늘처럼,
내일도 오늘처럼

12월 2일

갑자기 추워진 날씨 탓일까. 박새와 쇠박새가 정말 많이 왔다. 박새는 3배 가까이 늘었고, 쇠박새 역시 2배 정도는 늘었다. 원래 오던 새들의 방문 횟수가 늘어난 건지 뉴비들이 몰려오는 건지는 모르겠지만 추위 탓인 것만은 확실했다. 그리고 그만큼 영상 확인 시간도 늘었다. 게다가 최근엔 탐조 노트에 적은 내용을 디지털 문서로 만들기 시작했다. 그래서 영상 확인, 소장할 부분 따로 저장, 문서 정리까지 하루에 최소 3시간 이상은 탐조에 소요하고 있다. 어제는 정말이지 수없이 왔다 가는 박새와 쇠박새 덕에 영상 확인 시간이 전보다 곱절은 걸렸다. 눈이 뻐근할 정도였다. 아무래도 안구건조증이 다시 도진 것 같다.

오늘은 동고비가 우르르 다녀갔다 오전 9시 20분쯤 창틀에 무리를 지어 모여들었다. 3분 넘게 서로 쫓아내고 피하고 다시 오고 벽으로 오르락내리락 정신이 없었다. 동백이가 암컷을 한번 쫓아내는 장면이 눈에 띄었지만, 그것 빼고는 얌전했다. 오히려 암컷이 암컷을 쫓아내는 모습이 많이 보였다. 한 암컷은 정말 싸움꾼 기질이 강한 듯했다(그때 그 걸크러시 동고비인가?). 동고비는 보통 한두 마리씩 차례로 오는데 오늘은 갑자기 같은 시간에 왜 한꺼번에 몰려들었는지 의문이다. 이건 필시 동고비 정모임이 분명하다.

12월 4일

첫눈이 왔다. 눈은 낙엽 위에 살짝 쌓이는가 싶더니 금세 녹아버렸다. 잠깐이나마 눈송이가 바람에 날리며 산자락이 희끗희끗해지는 모습에 마음이 설렜다. 올해 태어난 새들은 처음 보는 하얀 눈을 보며 무슨 생각을 했을까?

점심 준비를 하는 동안 주말이라 쉬고 있는 남편에게 창틀에 모이를 놓아달라고 부탁했다. 남편은 모이를 주고 나서도 창가에 한동안 서 있었다. 뭐하나 싶어 지켜봤더니 모이가 조금 떨어졌다 싶으면 또 주고, 또 주고 반복하며 잔뜩 쌓이게 만들고 있었다. "그만 줘!"라고 한소리 하고 싶었지만, 어린아이처럼 호기심 가득한 남편 얼굴을 보는 것이 오랜만이라 그냥 놔뒀다. 창가를 서성대는 남편의 그림자 탓인지 오늘은 얄미운 멧비둘기들이 한 마리도 오지 않았다. 이런 걸 소 뒷걸음질하다 쥐 잡은 격이라고 하던가.

12월 6일

오전에 내린 눈이 제법 쌓였다. 이런 날이면 아무래도 눈 속에서 먹이를 찾아야 하는 동물들이 먼저 떠오른다. 참새, 박새…… 그래, 멧비둘기까지. 이렇게 눈이 쌓인 날은 멧비둘기도 배 채우기 힘들 테니 오늘은 너무 야박하게 쫓지 말까? 그런데 이미 상황 종료였다. 멧비둘기는 눈이 그친 후 창틀의 모이를 바닥내고 후다닥 도망갔다. 그 모습을 보자 걱정했던 마음이 일순간에 싹 가셨다. 요리조리 눈치 보며 이렇게 잘 먹고 다니는데, 이 녀석들을 걱정한 게 괜히 손해 본 기분이다.

오후 4시 반쯤, 동백이가 암컷 한 마리와 함께 벽을 타고 등장했다. 동백이는 벽돌 왼쪽에서 모이를 먹었고, 암컷은 조금 떨어진 창틀에서 해바라기씨를 몇 개 집어먹은 후 화

면에서 사라졌다. 암컷이 창틀에서 모이를 집어 가는 동안에도 동백이는 평화로운 모습이었고, 이후 한참 동안 먹고 갔다. 동고비에게 이런 모습은 흔치 않은데, 웬일이지? 얼마 전까지만 해도 수컷은 암수를 막론하고 다른 동고비는 모두 쫓아냈다. 혼자서 창틀을 차지하려 하는 게 눈에 빤히 보였다. 특히나 암컷은 그런 동고비 수컷이 보이면 자리를 피해 주기 바빴다. 같이 등장해 한 화면에서 먹는 모습은 3월 번식기에도 몇 번 없었다. 오늘은 동백이가 그냥 기분이 좋아서 봐주는 걸까. 어쨌든 싸우지 않고 먹으니 보기는 좋다.

12월 8일

지난 3월에 봤던 꽁지깃이 휜 새들이 다시 보이기 시작했다. 추위와 관련 있는 걸까? 좁은 공간에서 잔뜩 웅크리고 자다 보면 꽁지깃도 휘어지겠지. 머리카락이 뻗치는 것처럼. 그런데 박새와 쇠박새만 이렇게 휘어진 꽁지깃이 보였고, 곤줄박이, 참새, 비둘기, 어치 등 다른 새들은 이런 적이 없었다.

오후에 창밖이 새소리로 시끄러웠다. 직박구리였다. 건너편 산사나무 열매를 따 먹으러 왔다가 우리 집에도 들른 것 같은데 한참 동안 창틀을 떠나지 않았다. 늘 잠깐 들렀다 해바라기씨를 주워 먹고 가버리기에 눈길 줄 새도 없었는데, 오늘은 오래 머문 만큼 자세히 관찰했다. 내 머릿속에 있는 직박구리보다 실물은 훨씬 더 귀여웠다. 그리고 다리와 발이 생각보다 작았다. 몰려다니며 시끄럽게 굴지만 않으면 창틀에 매일 와도 좋을 텐데, 시끄러움은 감당할 자신이 없다.

해 질 무렵 한쪽 발이 없는 흑발이가 혼자 나타났다. 다른 참새 무리에 섞여 여러 번 들락날락하며 해바라기씨를 먹고 갔는데, 혼자 들르기도 했다. 참새들은 원래 한자리에 오래 있지 않는다. 작은 기척만 느껴져도 푸르르 도망가기 바쁘다. 흑발이는 참새 중에서도 더 조심성이 많아 보인다. 한쪽 발로 여태 건강하게 지내고 있는 것도 어쩌면 무리 사이에서 조심성 있게 행동했기 때문일지 모른다.

짹짹

새처럼 날 수 없을까? 라이트 형제가 인류 최초로 비행에 성공한 바탕에는 오토 릴리엔탈의 연구가 있다. 황새의 비행과 날개의 공기역학을 연구한 그는, 초기에는 마을에서 구할 수 있는 새의 깃털들을 죄다 모아 바느질로 꿰매기도 했다. 2천 회 이상 비행 실험을 하다 결국 추락사하고 말았다. 새를 선망하던 인간의 꿈을 이룬 데는 황새의 몫도 있다. (《깃털》, 소어 핸슨, 하윤숙 옮김, 에이도스)

242

어떤 새가 하루에 얼마나 오는지 기록한 수첩의 내용을 차트로 만들 생각이다. 그러면 한눈에 살펴볼 수 있으니까. 적당한 앱을 선택하고 간단한 사용법을 익힌 후 가로에는 새의 종류, 세로에는 날짜를 적어넣었다. 그날그날 새가 온 횟수를 옮겨 적기 시작했다. 창틀을 매일 촬영하기로 마음 먹은 건 더 이전이지만, 새들의 방문 횟수를 빼놓지 않고 적은 건 5월부터이다. 어치 11, 8, 7, … 박새 6, 5, 3, 4, 5 … 수첩의 숫자들을 앱에 입력하다가 급격히 피곤해졌다. 7개월까지 옮겨 적고 멈출 수밖에 없었다. 이게 무슨 대단한 일이라고 다음 날까지 이어서 한 뒤에야 완성됐다. '숫자 울렁증'을 참고, 한 칸 한 칸 채워지는 차트를 보니 뭔가 그럴듯한 정보처럼 보였다. 손 글씨로 적어놨을 때와는 차원이 다르구나! 흐흐. 차트 하나 만들었을 뿐인데 마치 전보다 스마트한 인간이 된 것처럼 뿌듯했다. 누적의 힘을 새삼 느낀다. 남편에게도 자랑스럽게 차트를 보여줬다. 반응은 시원찮았지만, 뭐 괜찮다.

'음, 좋아. 똑똑한(집요한) 스토커가 된 것 같군.'

오늘은 여기서
먹어볼까?

12월 11일

창밖을 보니 창틀 앞 목련 나무에 직박구리가 앉아 붉은 산사나무 열매를 맛있게 먹고 있었다. 근처에 다른 나무도 많은데 왜 하필 창틀 앞 나무에 앉아 먹는 거지? 지금 맛집 앞에서 '나 더 맛난 거 먹는다!' 유세하는 건가. 그렇다. 목련 나무는 사실 해바라기씨 맛집인 창틀 먹이터의 이른바 '웨이팅석'이다. 우리 집에 오는 새들은 이 나무에 앉아서 순서를 기다리곤 한다. 직박구리가 저렇게 버티고 앉아있으면 창틀 손님들이 불편할 것 같다. 음, 빨리 먹고 가면 좋겠다.

창틀에 모이를 채우는 동안 새들과 마주칠 때가 종종 있다. 내가 멈칫해도 새들은 대부분 놀라 도망가기 바쁘다. 곤줄박이만 빼고. 곤줄박이는 침착하게 상황을 살피다가 위험하지 않다고 여겨지면 슬슬 눈치를 보며 모이를 부리에 물고 날아간다. 그럴 땐 나도 손바닥에 모이를 놓고 곤줄박이를 유혹해 볼까 하는 생각이 든다. 하지만 이런 건 나만 재미있을 뿐이다. 곤줄박이 처지에서는 위험을 감수하는 거라 딱히 좋을 게 없다. 그래서 늘 금세 생각을 접곤 한다.

'그래, 편하게 먹고 가야지. 내 손 위에 앉아서 먹으려면

마음이 조마조마할지도 몰라.'

오후에 멧비둘기가 한꺼번에 와서 정신없이 먹고 갔다. 한 녀석이 카메라 앞에 엉덩이를 댄 채 한참을 먹었다. 나는 화면을 꽉 채운 허연 털만 한참을 봐야 했다. 그런데 털 위로 조금씩 벌렁거리는 듯한 저 검은색 둥그런 건 뭘까? 너무 가까워 초점이 안 맞았는지 선명하지 못했으나 그건 구멍이었다. 남편에게도 보여주며 "이거 똥구멍 맞는 거 같지? 아닌가? 맞는 것 같은데?" 하고 여러 번 물었다. 남편은 "그쪽에 있는 구멍이 그거 말고는 없잖아, 그만 좀 봐"라며 나에게 핀잔을 줬다.

요즘은 해가 늦게 떠서 아침 7시 반은 돼야 밝아진다. 해 뜨기 전 밖이 아직 어슴푸레할 때 나타난 박새 한 녀석이 엉덩이에 기다란 뭔가를 대롱대롱 매달고 있었다. 윽, 똥이다! 날이 추워서 배설하다가 털에 붙어 얼었나 보다. 처음 왔을 땐 엉덩이에 똥이 묻은 줄도 모르는지 해바라기씨만 열심히 먹고 가더니, 두 번째 와서야 귀찮은 듯 다리 사이로 머리를 밀어 넣어 힘들게 떼어냈다.

한파 이후 박새는 하루하루 늘어갔고, 오늘은 쇠박새보다도 많이 왔다. 추위에 먹이 활동 하기가 힘든가. 요즘 박새의 성질내는 소리가 전보다 늘었다. 어설프게 과시하던 녀석들이 이제는 제법 화내는 기술을 익힌 건지, 아니면 한 성깔 하는 박새들이 새로 온 건지 모르겠다. 모르는 외국어도 뭔가 욕 같은 건 짐작할 수 있는 것처럼 평소의 '삐쮸'거리던 소리와는 다른 것이, 성난 감정이 실려 귀에 쏙 들어오는 소리다. "캬! 캬!" 아마 우리말로 "꺼져!"라는 뜻일 것 같다. 그런데 이렇게 성질내는 박새의 모습이 왠지 이해가 됐다. 똥이 얼어버릴 정도로 추운 날 먹이 경쟁을 하자니 다들 날카로워지겠지 싶다.

12월 14일

점심 무렵 반가운 녀석이 왔다. 발톱 마디가 떨어진 동고비 수컷 '수발'이가 거의 한 달 만에 모습을 보였다. 녀석이 안 보이는 동안 활동 영역이 바뀌었을까, 사고가 났을까 하고 여러 가지 가능성을 생각해 보곤 했다. 사실 다시 볼 수 있으리라는 기대는 없었던 터라 건강하게 돌아와 성질내는 모습이 이렇게 반가울 수가 없다. 먹을거리가 아쉬워서 왔겠지만, 우리 집 창틀을 잊지 않고 기억해 찾아왔다고 생각하니 마음이 따듯해지고, 조금은 수발이와 연결된 듯한 느낌이 든다.

12월 16일

엊그제 새벽에는 기온이 영하 12도까지 떨어졌다. 한낮에도 계속 영하의 추운 날이 이어지고 있다. 얼마나 추운지 이번엔 참새들까지 모두 털을 세워서 복슬복슬한 모습으로 등장했다. 며칠 전엔 수발이가 오랜만에 보이더니 어제는 새로 온 듯한 박새와 동고비가 눈에 띄었다. 겨울이 깊어질수록 먹이를 찾아 우리 집까지 오는 새들이 많아질 것 같은 느낌이 든다.

12월 17일

오전 11시 반쯤 낯선 새 한 마리가 벽을 타고 나타났다.

약간 통통한 몸집에 올리브색의 날개와 등, 그리고 부리부리한 눈. 청딱따구리 암컷이다! "으악~." 놀라움과 반가움을 표현할 새도 없이 녀석이 기다란 혀를 창틀까지 뻗는 모습에 깜짝 놀라 나도 모르게 비명을 지르고 말았다.

딱따구리의 혀가 어떻게 생겼고, 어떤 구조인지는 대충 알고 있었다. 딱따구리의 혀는 흔히 생각하는 것보다 더 길다. 두개골을 한 바퀴 둘러쌀 정도다. 긴 혀는 나무 구멍 속의 벌레를 잡아먹는 데도 유용하지만, 딱따구리가 나무를 쪼아댈 때의 충격을 혀가 흡수한다고 한다. 오토바이의 헬멧 같은 역할이다. 그런데 예상치 않은 순간, 눈앞에 갑자기 긴 혀가 쑥~ 나오니 나는 기습 공격을 당한 느낌이었다.

혀뿐만이 아니라 먼 곳에서 봤을 때는 전혀 몰랐던 딱따구리의 소리에도 기겁했다. 기다란 혀가 빠르게 움직이며 단단한 물체에 닿을 때 나는 '도도도도도-' 소리에 소름이 돋았다. 창틀에서 이런 강렬한 만남은 붉은배새매 이후 처음이다. 청딱따구리도 이 장면을 내가 한가로이 영상으로 볼 줄은 몰랐겠지.

청딱따구리 암컷은 벽돌 바닥에 놓은 것부터 창틀 위에 놓인 모이 그리고 작은 통에 담아둔 아몬드와 땅콩 조각까지 모두 한 번씩 골고루 혀로 훑고 부리로 쪼며 탐색해 나갔다(물론 카메라 렌즈를 향해서도 날름거렸다). 혀를 열심히 휘둘렀음에도 해바라기씨나 땅콩 조각은 혀로 묻혀 먹기에는 적당하지 않았는지 막상 모이를 먹을 땐 부리를 이용했다.

식사 중에 멧비둘기가 날아오는 소리가 들리자 얼른 바깥쪽을 살피고 등 부분의 털을 부풀리며 경계하는 모습을 보였다. 녀석이 머물다 간 시간은 무려 4분 20초, 놀라고 흥분해서 딱따구리의 식사 장면을 본 것이 비현실적으로 느껴졌다. 첫 만남이 꽤 충격적이지만, 또 와줬으면 좋겠다. 오늘 많이 놀랐으니 더 놀랄 일은 없겠지.

실례합니다~ 혀 좀 쓸게요.

세상에…

짹짹 -

딱따구리는 왜 나무를 두드릴까? 소리를 내는 대신 나무를 두드려서 소통한다. 영역을 선언하고 암컷을 찾는 게 목적이다. 1초에 스무 번 정도 가열하게 두드린다. 그러나 아무 나무나 두드리지는 않는다. 소리가 크고 우렁찰수록 힘이 세다고 인식하므로, 전략적으로 소리가 잘 울리는 마른 나무나 고목을 고른다.

12월 19일

또 왔다! 우리 집 창틀의 모이 맛이 나쁘지 않았던 걸까? 이틀 전 청딱따구리가 처음 왔을 때처럼 벽을 타고 나타났다. 창문 옆으로 와서 고개만 쏙 내민 채 창틀 먹이터를 살폈다. 마침 멧비둘기가 자리를 차지하고 식사 중이었다. 멧비둘기는 청딱따구리가 신경 쓰이는지 그쪽을 계속 살피며 날갯죽지를 치켜들었다. 그때 다른 멧비둘기 두 마리가 더 날아와 창틀에 자리를 잡았는데, 청딱따구리는 그 소란스러운 틈에 자리를 뜬 것 같았다. 배고파서 왔을 텐데 아무것도 못 먹고 그냥 돌아간 게 마음에 걸렸다. 멧비둘기 때문에 앞으로 청딱따구리들이 못 오는 건 아닐까.

'어이구, 이 얄미운 녀석들아!'

12월 20일

춥다고 며칠간 집에만 있었더니 몸이 찌뿌둥했다. 그래서 오늘은 오후에 산책을 갔다. 감기라도 걸릴까 봐 단단히 껴입고 동장군이 몰아친 동네 풍경을 눈에 담으며 걷기 시작했다.

헐벗은 키 큰 나무 꼭대기에 커다랗고 둥그런 갈색 물체가 보였다. 까치집은 아닌데, 뭐지? 얼른 사진을 찍어 확대해 봤다. 처음 보는 것이지만 아마도 말벌 집 같았다. 오랜만에 득템한 기분이 들어 신나게 집으로 돌아와 자료를 찾아봤다. 말벌은 한해살이 곤충이어서 봄에 집을 짓고 늦가을이 되면 새로운 여왕벌이 독립하면서 집은 버려진다고 한다. 겨울에 딱따구리나 까치, 박새 등이 이 집에 드나들며 남아있는 말벌 유충을 먹는다. 또 사람들은 말벌 집으로 술을 담그거나 끓여서 약재로 쓰기도 한단다. 나뭇잎이 모두 떨어진 횅한 계절이 돼서야 짠! 하고 마법처럼 드러나는 벌집도 신기하고, 그것 또한 다른 생물들에게 도움이 되고, 삶의 일부가 된다는 것이 흥미롭다(물론 인간 포함이다). 산책할 때마다 한 번씩 올려다볼 거리가 생겨서 기분이 좋다.

12월 22일

일주일 전 내린 눈이 연이은 추위 탓에 그대로 얼어버렸다. 거기에 지난 이틀 동안 또 눈이 내렸으니, 새들도 먹이 찾기가 더 힘든 것 같다. 그래서일까, 어제는 직박구리가 열 번이나 다녀갔다. 근데 별로 먹질 못했다. 벌써 멧비둘기가 창틀을 훑고 간 다음이라 통아몬드만 몇 개 남았을 뿐이었다. 직박구리 한 마리가 갈 생각을 안 하고 계속 창틀을 기웃거리니까, 기다리던 참새들은 더 이상 못 참겠는지 직박구리가 있건 말건 우르르 몰려와 창틀에 남은 부스러기들을 주워 먹었다. 참새 무리가 몇 번 우르르하는 동안에도 직박구리는 별다른 반응 없이 한자리에서 두리번거릴 뿐이었다. 직박구리는 시끄럽고 산만한 새라고 생각했는데 의외로 순둥순둥한 녀석도 있는 것 같다. 혹시 너무 배가 고파 힘이 없는 건 아니겠지?

오후 방문 기록

박새 1099번

쇠박새 985번

곤줄박이 268번

오늘 오후, 계속되는 추위로 인해 박새류가 올겨울 들어 가장 많이 왔다. 쇠박새가 985번으로 거의 천 번 가까이 왔고, 박새는 1099번으로 무려 천 번 넘게 왔다! 이 숫자에 비하면 곤줄박이의 방문 횟수는 268번으로 적은 듯하나 평상시와 비교하면 엄청나게 증가한 편이다. 상황이 이렇다 보니 모이가 금방금방 없어졌다. 한 시간에 한 번씩은 창문을 열어 남은 양을 확인해야 했다. 한꺼번에 많이 놓아주면 편할 텐데 그러기엔 창틀이 좁고 벽돌은 경사가 졌다.

점점 늘어나는 박샛과의 새들과 달리 동고비는 오히려 방문 횟수가 줄어 요즘은 평균 37번 정도다. 11월 중순부터 줄어들기 시작했는데, 가장 많이 왔던 10월에 평균 200번 정도였던 것에 비하면 적은 수치다. 단순히 생각하면 먹이를 구하기 힘든 겨울에 더 많이 올 것 같은데, 동고비는 그게 아닌 것 같다. 박샛과와 동고비는 생활 방식이 다른가? 아니면 박샛과 새들이 워낙 늘어나 창틀이 혼잡해져서 덜 오는 걸까? 이런저런 생각을 하며 하루 종일 북적이는 창틀의 모습을 보고 있자니, 춥고 먹이가 부족한 계절을 견뎌내는 새들의 고단함이 고스란히 느껴졌다.

12월 24일

날이 너무 춥다. 한낮 기온 영하 9도, 매섭다는 표현이 딱 맞는 날씨다. 집마다 보일러가 부지런히 돌아가는 소리가 들리고 연통으로 하얀 연기가 쉴 새 없이 피어오른다. 창틀 먹이터 바로 아래가 우리 건물 보일러실이라 바람의 방향에 따라 연기가 창틀 쪽으로 올라오기도 한다. 그런 사실을 모

를 때는 아무 때나 난방했지만, 새들이 연기를 마시며 모이를 먹는 게 건강에 안 좋을 것 같아 웬만하면 새벽과 저녁에만 난방하고 있다.

이달 초 갑자기 추워지자, 남편은 새들을 위한 거라며 충전형 손난로를 구입했다. 휴대용 충전기로도 사용할 수 있고, 버튼을 누르면 손난로로 이용할 수 있는 제품이다. 남편은 계속 창틀에 난로를 놓자고 성화였다. 하지만 나는 창틀이 너무 좁고 잠깐씩 머물다 가는 새들이 난로를 이용할 것 같지 않다며 애써 모른 척하고 있었다. 그런데 날이 이렇게까지 추워지니 시도는 해봐야겠다는 생각이 슬그머니 들었다(남편이 채근하는 잔소리도 더 이상 듣기 싫었다). 난로가 따뜻해진 걸 확인하고 커버를 씌웠다. 행여나 밑으로 떨어지지 않게 끈으로 잘 고정해서 창틀 위 구석에 올려놓았다. 곤줄박이와 멧비둘기는 낯선 물건을 발견하고 어색해하는 눈치였고, 다른 새들은 뭐가 뭔지 잘 모르는 것 같았다.

12월 26일

이틀 전 창틀에 난로를 놓은 뒤 촬영한 영상을 어제 남편에게 보여줬다.

"봤지? 새들 반응이 없어!"

네 생각이 틀렸다는 걸 인정하라는 말투로 말했다. 그런데 남편은 몇 초 보지도 않고 난로 위치가 너무 안쪽이라며, 새들이 잘 볼 수 있는 벽돌 쪽 구석에 놔달라고 요청했다. 앗 거기는 새들이 착지하는 위치였다. 나는 내키지 않는데 남편은 그곳만 고집했다. '아니 이 사람이!'

하루빨리 잔소리에서 해방되고 싶어서 난로를 벽돌 쪽 구석에 놓았고 남편의 요청대로 새들을 유인하기 위한 모이도 올려놨다. 동고비, 박새, 쇠박새, 어치, 직박구리는 모이에만 관심 가질 뿐 난로는 신경도 쓰지 않는 듯했다. 곤줄박이만 약간 움찔하는 기색이 있었지만 어쩔 수 없이 난로를 밟고 아몬드를 가져가곤 했다.

참새들은 다른 새들과 달리 난로에 대단한 경계심을 보였다. 난로 근처엔 절대 가까이 가지 않았다. 보이지 않는 선이라도 그어놓은 듯 난로에서 벽돌 3칸만큼의 거리를 유지한 채 모이를 먹었다. 평소에 우르르 몰려와 어수선하게 먹던 것과 달리 이런 각 잡힌 모습은 낯설었다. 오늘도 난로를 같은 위치에 놔뒀는데, 어라? 참새들이 난로와 좀더 가까워졌다. 이번엔 벽돌 2칸만큼의 거리를 유지했다. 하여간 웃긴 녀석들, 아마 내일이면 난로 옆까지 다가갈 수 있을 것 같다. 그러면 남편의 기대대로 난로의 따뜻한 맛을 알고 옹기종기 모이게 될지도.

참새의 각 잡힌 모습보다 더 놀라운 장면도 있었다. 창틀의 만년 '을', 쇠박새가 박새를 먼저 공격한 것이다. 박새가 자리를 오랫동안 차지한 것에 화가 났는지 쇠박새는 망설임도 없이 박새의 접힌 날개를 발로 찼다! 모이를 입에 물고 있던 수컷 박새는 갑작스러운 공격에 당황한 듯 잠깐 쇠박새를 쳐다만 봤는데, 곧 정신을 차리고 쇠박새에게 달려들었다. 곧이어 쇠박새와 박새가 동시에 화면 밖으로 사라졌기 때문에 다음 상황은 모른다. 쇠박새가 너무 호되게 당하지나 않았을지 걱정된다. 창틀을 스토킹한 이래로 이렇게 박력 있는 쇠박새는 처음이다.

12월 29일

날씨가 좀 풀려서 손난로는 이제 치워버렸다. 남편은 조금 실망한 듯했고 나는 속이 다 시원해졌다. 새들도 귀찮은 구조물이 없으니까 더 편하게 드나드는 것 같다.

오늘은 유난히 곤줄박이와 자주 마주쳤다. 창틀에 모이를 채우려고 창을 열면 그때마다 곤줄박이가 있었다. 혹시 사람이 익숙한 녀석인가 싶어 손바닥에 아몬드를 올려놓고 가만 기다렸다. 예전에 남편이 손을 내밀고 있을 땐 속으로 혀를 찼는데, 오늘은 내가 그러고 있었다. 솔직히 나도 해보고 싶긴 하다. 가끔 새들에게 관심받고 싶을 때가 있다. 손을 한참이나 내밀고 있었던 것 같은데 영상으로 확인하니 약 2분 정도였다. 추워서 포기하고 창문을 닫으니까 바로 동고비가 날아왔다. 새들이 추위 속에 기다렸던 것 같아 괜스레 미안해졌다.

곤줄박이와 자주 마주친 데는 이유가 있었다. 오후 기준으로 요즘 평균 250번 정도 들르던 곤줄박이가 오늘은 428번이나 왔기 때문이다. 그래서 그런지 곤줄박이 중에 소리치거나 박새에게 달려들어 싸우는 녀석도 있었다. 개체 수가 느니까 평소와는 다른 성격이 드러나는 것 같다. 좁은 공간에 많은 새가 먹이를 두고 경쟁하니까 어쩔 수 없겠지.

12월 31일

오늘의 방문 기록
모든 새 총 2451번

오늘 오후 새들이 드나든 횟수는 총 2451번이다. 내가 아는 어잘, 어벌, 동백, 수발, 흑발, 뒤통이, 땜빵이가 모두 건강한 모습으로 다녀갔다. 그런데 박새 중 한 녀석은 늦은 오후에 와서 자리를 차지하고 먹다가, 다른 새들이 오면 날개를 쳐들고 쫓아내기 바빴다. 신참인지, 이곳은 많은 새가 끊임없이 들락거리는 장소란 걸 모르는 모양이다.

직박구리는 배와 윗다리가 젖어있고, 한 박새는 몸통이 좀더 젖어있었다. 녀석들, 날이 좀 풀려서 목욕하고 온 모양이다. 설마 사람들처럼 새해맞이로 목욕을 한 건 아니겠지?

어느새 2022년의 마지막 날이다. 아마도 새들에게는 어제와 다를 게 없는 날이겠지만, 1년을 365일로 나눠서 사는 사람들에게는 특별한 날이다. 한 해를 돌이켜보고 다음 해를 맞이할 마음의 준비를 하는 날이니까.

2022년은 어떻게 보냈는지 모를 정도로 바쁜 한 해였다. 바쁘게 지낸 가장 큰 이유는 물론 창틀 스토킹이었다. 매일 기본 2시간씩, 가을이 되고부터는 하루 4시간씩, 주말도 빠짐없이 뭔가를 계속 한다는 건 생각보다 더 힘들었다. 딱히 별다르게 한 일은 없는데 하루 종일 바쁘고 피곤한 데는 그만한 이유가 있었던 셈이다.

겨울이 지나고 다시 봄이 찾아오면 창틀을 촬영한 지 1년이 된다. 그러면 홀가분하게 스토킹을 청산해야지. 전처럼 모이만 조금 놔줘야지. 그래도…… 가끔 궁금하면 또 촬영하겠지? 올해 차곡차곡 모아놓은 새들의 모습은 내년 여름쯤엔 영상으로 만들어볼 생각이다. 어떻게 만들지 아직 머릿속이 복잡하고 엄두가 안 나지만, 뭐 천천히 하다 보면 어떻게든 되겠지. 내년의 나에게 맡겨보자.

1월

미안하지만,
집을 비워줬으면 해

새해가 되니, 은근히 꾀가 난다. 일요일 하루쯤은 새들의 방문 횟수를 체크하지 말까? 하는 생각이 드는 것이다. 요즘 새들의 하루 평균 방문 횟수는 1500여 회, 그 수를 일일이 세는 번거롭고 지루한 일을 8개월째 하루도 거르지 않았다. '누가 시킨 것도 아니고, 언제든 그만두면 되잖아.' 이렇게 생각하니 곧 마음이 괜찮아졌다. 그리고 언제 그랬냐는 듯 모니터 앞에 앉아 새들을 보고 있다.

영상을 확인하면서 날마다 일출과 일몰 시각을 체크하다 보니 '동지'에 대한 새로운 사실을 알게 되었다. 동지는 1년 중에 낮이 가장 짧은 날로 보통 12월 22~23일경이다. 낮이 가장 짧다면 해가 가장 늦게 뜨고 가장 빨리 지는 날이겠지 하고 막연히 생각했는데, 동지는 해가 떠있는 시간이 짧은 날일 뿐이다. 나의 일출 일몰표에 따르면, 해가 가장 빨리 지는 때는 12월 10일쯤이고, 해가 가장 늦게 뜨는 날은 1월 10일쯤이었다. 그러니까 오후가 길어지기 시작하는 건 동지 전부터이고, 동지가 지난 후에도 한동안은 오전이 짧아지는 것이다. 나만 몰랐나 싶어 남편에게 물었더니, 세상 무관심한 표정으로 답한다.

"아니 나도 몰랐는데?"

그거 아는 게 뭐 그리 대단하냐는 투로.

해가 가장 빨리 뜨는 날 (일출) 6월 13일 05시 10분
해가 가장 늦게 뜨는 날 (일출) 1월 10일 07시 46분

해가 가장 빨리 지는 날 (일몰) 12월 10일 17시 14분
해가 가장 늦게 지는 날 (일몰) 6월 28일 19시 57분

＊ 우리 집 창틀 (경기도 성남) 기준

1월 4일

몇 해 전까지만 해도 집 근처 산사나무에 직박구리들이

몰려와 열매를 탈탈 털어먹곤 했다. 그런데 재작년부터는 너석들이 별로 먹지 않아 열매가 달린 채 봄이 왔다. 열매 맛이 예전만 못한가. 너석들 입맛이 바뀐 건가. 창틀에 자주 오지 않던 직박구리가 요즘은 2주째 매일 와서 해바라기 씨와 땅콩 조각을 쪼아 먹고 있다. 산사나무는 거들떠보지도 않는다. 올해도 산사나무에는 1월인 지금까지 열매가 많이 달려있다.

동고비가 아몬드를 골라 벽돌에 따로 내려놓는 모습이 어제 다시 보였다. 수컷이 아니라 암컷이 그랬다. 아몬드 하나를 구석 모서리에 정말 숨기듯이 옮기는 모습이 영상에 담겨있었다. 또 다른 아몬드를 벽돌 위에 놓아두다가 참새들이 날아오자 얼른 물고 재빨리 사라졌다. 잠시 후 창틀에 아무도 없자 휙 날아와 구석에 숨겼던 아몬드를 물고 날아갔다! 가을에 동고비 수컷들이 벽돌 위에 아몬드를 하나씩 내려놓을 땐 굳이 다시 와 챙겨 가진 않았다. 그래서 나중에 오는 암컷이 가져가도록 놓아둔 거라는 망상에 빠졌는데, 오늘 본 암컷은 확실히 자기가 가져가기 위해 숨겨둔 것이었다. 먹이를 나무 틈에 숨긴다는 이야기는 들었지만, 굳이 먹이가 많은 이곳에서도 숨기는 모습이라니, 있을 때 많이 확보해 두자는 건가?

1월 5일

요즘엔 모이를 주고 한 시간 정도 지나면 거의 동이 난다. 12시 정각쯤 모이가 얼마나 남았는지 보고 다시 주는데, 오늘은 작업에 집중하느라 깜박 잊었다. 저녁에 확인한 영상 속 새들은 평소와 다르게 모이가 없자 우왕좌왕하며 창틀을 뒤졌다. 새 중에 집착이 덜한 편인 곤줄박이는 이상하다는 듯 고개를 갸웃거리며 그냥 돌아갔고, 더는 오지 않았다. 반면에 동고비들은 기필코 먹어야겠다는 심산인지 구석구석 뒤졌다. 쇠박새도 틈 안쪽에 떨어진 부스러기를 야무지게 찾아 먹었다. 왠지 새들에게 미안했는데, 등 뒤에 서서 지켜보던 남편이 자기가 굶은 것처럼 타박해 댔다.

"와, 내가 다 화나려고 한다!"

1월 7일

점심을 먹고 쉬는 사이 창틀에서 작게 '삑- 삑-' 하는 소리가 들렸다. 직박구리? 그런데 다시 들으니 '뽁 뽁'에 가까운 소리였다. '혹시 청딱이?' 하는 생각이 퍼뜩 들었다. 발소리를 죽이며 다가가 보니 정말 청딱따구리가 창틀을 뒤지고 있었다. 모이를 놓아둔 지 한 시간도 채 안 됐는데 그새 멧

헤헤—

오늘부터
1일 ♡

비둘기가 쓸어갔는지 남은 건 아몬드 몇 개뿐이다. 청딱따
구리는 부스러기를 주워 먹었다. 지난번도, 오늘도 청딱따
구리의 등장 타이밍이 안 좋다. 청딱따구리가 언제부터 왔
는지 궁금해서 저녁을 먹자마자 영상을 열었다. 다행히 해
바라기씨가 조금 남아있을 때 도착해 부리로 잘 집어 먹었
다. 아쉽게도 혀가 창틀을 훑는 소리는 들을 수가 없었다. 청
딱따구리는 해바라기씨를 다 먹고 허리의 노란 털을 빛내
며 날아갔는데, 그냥 간 건 아니었다. 굵직한 똥을 남기고 갔
다. 겉은 하얗고 속은 어두운색, 물기 없는 담배꽁초 느낌이
었다. 똥을 쌌으니 우리 집을 편하게 여기는 것으로 받아들
여도 되겠지?

1월 10일

청딱따구리 똥이 긍정적인 신호가 맞았다. 청딱따구리는 그제도 오고 오늘도 왔다. 일본 만화책 중에 마당에 모이 먹으러 오는 야생 새들의 에피소드를 담은 책이 있다. 우리나라엔 《토리빵》이라는 제목으로 출간되었다. 책에서는 일본 청딱따구리를 '폰짱'이라고 부른다. 먹이터의 대장이다. 영상을 확인하다 문득 그 생각이 나서 나도 이름을 지어줄까 싶었다. 청딱따구리의 녹색 털이 군복과 비슷하니 밀리터리의 '밀리'는 어떨까. 흠, 너무 이쁜가? 딱순이? 뽀뽀? 쓸데없는 이름 짓기에 한참 정신이 빠졌다가 혹시 나중에 안 오면 더 섭섭해질 것 같아 그만두었다.

'쉽게 정 주지 말아야지. 마음이 아파질지도 모르니.'

청딱따구리는 4분 정도 머물다 갔다. 반은 먹고 반은 주위를 경계하느라 보낸 시간이었다. 왜 이리 경계를 하나 싶었는데 청딱따구리가 가자마자 멧비둘기가 왔다. 지난달에 왔을 때 멧비둘기에게 쫓겨난 기억 때문일까? 청딱따구리는 부리가 강해 보이지만 멧비둘기의 날갯죽지 공격도 만만치 않으니 조심해야겠지.

동고비가 아몬드를 따로 빼놓는 행동을 다시 했다. 이 녀석들이 요즘 이상하다. 내외하던 암컷과 수컷이 계속 함께 나타난다. 12월 초에 동백이가 암컷과 함께 오는 모습이 처음 보였고 12월 27일에 다시 보이더니, 그 이후로 이런 장면이 계속 보인다. 같이 오는 녀석들이 대체로 동일한 개체인 걸 고려하면 커플인 것 같다. 뭐지 이 녀석들, 아직 짝짓기 철도 아닌데.

1월 12일

요즘 가장 큰 즐거움은 청딱따구리를 보는 일이다. 어제도 오늘도 같은 위치에서 빼꼼 등장하는 게 덩치와 어울리지 않게 귀엽다. 그동안 주워들은 정보에 의하면 딱따구리들은 혀에 끈끈한 침과 돌기가 있어서 좁은 틈 안에 기다란 혀를 넣어 개미나 유충 등 먹이를 찍어 먹는다. 청딱따구리 역시 혀끝에 돌기가 있는지 알 수는 없지만, 끈끈한 침은 확실히 눈에 보였다. 청딱따구리 혀에 닿았던 해바라기씨가 바닥으로 떨어질 때 거미줄 같은 얇은 끈이 달려있었기 때문이다. 혀의 끈끈한 점액은 애벌레를 정확하게 잡아올린다고 하는데, 딱풀 비슷한가 보다.

청딱따구리가 간 후 작은 새들이 줄지어 드나드는 모습을 5배속으로 집중해서 보다가 꽁지가 이상한 박새를 발견했다. 영상을 천천히 돌려보니 가운데 꽁지깃은 빠졌고 왼쪽 다리가 보이지 않았다. 창틀에서 두리번거리지 않고 바로 모이를 물고 날아가는 것을 보면 전부터 오던 녀석일지도. 앞부분을 다시 돌려보니 산 쪽에서 날아온 듯했다. 해바라기씨 한 개를 물어 가는 모습을 다시 살펴보니 다리에 문제가 있는 게 분명했다. 마음이 무거워졌다. 다리 하나가 정말 없는 걸까? 한쪽 발가락이 없는 흑발이도 부척으로 디디며 살아가고 있지만, 다리 하나로 활동하기는 힘들 텐데……. 내일도 오는지 영상을 좀더 신경 써서 봐야겠다.

1월 14일

어제 내린 비로 조금 쌓였던 눈이 모두 사라지고 기온이 뚝 떨어졌다. 날씨가 더 추워지니 한쪽 다리가 없는 박새가 걱정됐다. 녀석은 오전 10시 반쯤 창틀에서 한참을 먹고 갔다. 영상을 자세히 보니 한쪽 다리가 아예 없는 게 아니라, 상처 입은 다리를 구부리고 있어서 배털에 가려진 것이었다. 어제만 해도 다른 새들을 피해 다니며 불편하게 모이를 먹던 녀석이 오늘은 그나마 요령이 생긴 모양이었다. 창틀에 앉아 눈치껏 다른 새들에게 방해받지 않을 위치로 옮겨 불편해도 어쩔 수 없잖아.
발 하나로 잘 살아보자.
으쌰-

가며, 한 번에 10분씩 오랫동안 먹었다. 오후에만 세 번, 총 30분 동안 먹이를 먹고 간 셈이다. 몸도 불편하고 날도 추우니까 여러 번 들락거리느니 조금 신경 쓰이더라도 한번에 오래 먹는 편이 낫겠지. 다친 박새가 우리 집 창틀 먹이터에 의지하고 있는 게 느껴졌다. 가장 보람을 느끼는 순간이다! 내가 준 모이로 배를 덜 곯고 기운을 차리는 모습을 보면 나도 새들에게 조금 도움이 된 것 같아 위로받는다. 고마운 마음마저 든다.

1월 15일

오늘은 청딱따구리가 멧비둘기들이 식사하는 자리에 껴들어 함께 먹고 있었다! 처음 우리 집 창틀에 왔을 때는 멧비둘기의 텃새에 물러나더니 창틀에 똥 한 번 싸고 그동안 자신감을 회복한 걸까? 오른쪽 구석에 매달려서 주위를 경계하는 귀엽고 과장된 머리 움직임을 보이며 해바라기씨를 주워 먹었다. 그리고 녀석은 해가 지기 바로 직전, 어둑해질 무렵 창틀에 또 나타났다. 아무래도 낮에 양껏 먹지 못한 게 떠올라 잠이 안 올 것 같았나. 아무도 없는 빈 식당에서 늦은 저녁을 먹는 고독한 신사의 모습이랄까. 일몰 15~30분 전이면 늘 조용해지는 창틀에 생각지 못한 녀석이 나타나 적잖이 놀랐다. 청딱따구리의 캐릭터가 조금씩 보이는 것 같다.

1월 16일

어제 보니 다리 다친 박새가 부스러기를 주워 먹고 있었다. 혹시나 자잘한 게 먹기 편한가 싶어 오늘은 해바라기씨와 땅콩을 잘게 부숴 녀석이 자주 앉는 위치에 놓아두었다. 예상대로 잘 먹는다. 박샛과 새들은 야생에서 먹이를 두 발로 잡고 쪼아서 먹는다. 다친 박새는 한 발로 나뭇가지와 먹이를 동시에 잡아야 하니 야생에서 먹이를 구하기는 불편했을 것이다. 제대로 먹이 활동을 하지 못해 창틀에서 먹기 쉬운 부스러기를 주워 먹은 게 아닐까. 녀석은 오전에만 열다섯 번 넘게 왔다. 오늘은 한낮에도 영하의 날씨지만, 햇빛은 좋고 바람이 없다. 다행이다. 녀석의 활동성이 괜찮고 한동안 눈비 소식이 없으니 조금 안심이다.

정성 들여 빻아놓은 모이를 다른 새들이 다 먹어 치울까 봐 걱정했는데, 괜한 걱정이었다. 우리 집은 오래 머물기에 좋은 장소가 아니니까, 건강한 새들은 통째 가져가서 자기가 원하는 장소에서 먹는 걸 선호한다. 다만 의외로 직박구리가 이 부스러기에 관심을 좀 보였다. 어쩌면 먹기 불편할 텐데도 기분 좋은 표정으로 먹었다. 입맛에 좀 맞았나 보다. 어제 쓰레기 버리러 나갔을 때 보니 며칠 새 산사나무 열매가 몽땅 사라지고 없었다. 맛없어서 안 먹는 줄 알았더니 그게 아니었나? 혹시 예년과 다르게 새들의 먹을거리가 그만큼 모자란 건 아닐까. 맛없는 산사나무 열매라도, 부스러기라도 남김없이 먹어야 할 정도로.

1월 18일

청딱따구리가 아침 일찍 찾아왔다. 카메라를 등지고 조용히 먹는 뒷모습이 무슨 은밀하고 수상쩍은 연구를 하는 미친 과학자 같았다. 한참 주워 먹다가 갑자기 허공을 보며 등 털을 잔뜩 부풀리고 1분여 주위를 살폈다.

"청딱이 기분 좋나 봐, 신나 보여."

뒤에서 내 모니터를 구경하던 남편이 툭 한마디 던졌다. 그 순간 '뭘 모르시네' 하며 속으로 코웃음 쳤다. 새들이 등 털을 부풀리며 주위를 살피는 것은 경계 태세이기 때문이다. 그런데 곰곰이 생각하니, 내가 새의 마음을 다 안다고 할 수 있나? 싶었다. 책에 나온다고 모두 사실은 아니잖은가.

1월 19일

요즘 이른 아침에 동고비 울음소리가 자주 들려온다. 어떤 암컷 새는 아침 일찍, 제일 먼저 노래하는 수컷을 짝으로 맞아들인다고 들었다. 동고비도 어쩌면 짝짓기 철을 염두에 두고 미리 목소리를 가다듬으며 연습하는 것인지도 모른다.

암수가 함께 오는 동고비 커플이 계속 보인다. 박샛과 새에 비하면 동고비가 좀 일찍 번식을 준비하는 듯하다. 아직 짝짓기 철은 아니지만, 지금부터 서로 마음을 맞춰보며 썸(?)을 탈 수도 있는 거니까.

새들은 3월에 집 짓느라 바쁘고, 4월에는 알 낳고 새끼 키우느라 정신없다. 5월이면 새끼를 이소시키느라 잔뜩 긴장해야 한다. 새끼들이 성공적으로 독립하면 비로소 긴 번식 과정이 마무리된다. 이렇게 번식이 끝난 새들은 보통

같이 먹읍시다.

어허, 부부끼리 그러는 거 아녀~

부부 중심의 생활에서 벗어나 다른 새 무리와 섞여 다니며 먹이 활동을 한다. 또한 이 시기에 털갈이하고 몸 관리를 한다. 이렇게 채비를 잘해야만 겨울을 무사히 나고, 이듬해 또 번식 철을 맞을 수 있다. 이 과정이 어쩌면 사람의 노후 대비와 비슷한 것도 같다. 자녀들을 독립시키고 사회적으로 은퇴하는 시기에는 몸과 마음을 잘 관리해야 한다. 그래야 이후에 찾아올 노후가 편안하다.

짹짹

박새 암컷은 새벽에 먼저 우는 수컷을 짝짓기 상대로 고른다. 박새처럼 경쾌하고 맑은 소리를 내는 새를 '명금류(鳴禽類, the songbirds)'라고 한다. 새 지저귐은 인간의 스트레스와 불안을 누그러뜨리는 데 매우 좋다. 실제로 미국 LA 카운티에서 10개월간 매일 일정 시간 동안 녹음된 새소리를 도시 전체에 잔잔하게 내보냈더니 범죄율이 15%나 좋았다고 한다. 모두에게 새소리 듣는 '새멍'을 추천한다.

1월 22일

오늘은 설날이다. 예년 같으면 시댁과 친정을 오가느라 번다했을 테지만, 올해는 '쿨내' 나는 명절을 보냈다. 남편은 혼자 설 쇠러 시댁으로 갔고, 나는 큰언니네 집에서 가족들과 저녁을 먹고 다시 집으로 왔다.

설날 밤, 빈집에서 새들의 스토킹 영상을 보며 '히히' 웃는 것도 좀 이상하지만 달리 할 일도 없다. 이런 호사를 다시 누릴 수 있을까 싶다. 기분에 겨워 '까치 까치 설날은 어제께고요~' 노래를 흥얼거리다 문득 요즘 먹이터에 통 보이지 않는 까치 소식이 궁금했다. 집 근처에서 까치 소리는 매일 들리는데, 아무래도 녀석들에겐 이곳이 별로 흥미로운 공간이 아닌 걸까. 떼로 몰려다니니까 더 재미있는 곳을 찾아 거기서 놀고 있을 것이다.

1월 23일

다리 다친 박새가 또 찾아왔다. 한 발로 착지하는 모습이 전보다 안정적으로 보였다. 이 녀석에게 '다리'라는 이름을 붙여주었다. '다리'는 이제 가루에만 의존하지 않고 해바라기씨도 물어간다. 안타깝게도 다친 다리는 회복하지 못할 것 같지만 활기는 되찾은 듯 보였다. 그래도 흑발이처럼 혹시 다리가 괴사하면 어쩌나 걱정된다.

청딱따구리가 우리 집 창틀에 들른 횟수가 벌써 열 번이 넘는다. 그래도 언제 발길을 끊을지 모른다는 생각에 더 열심히 지켜보고 있다. 너석은 이틀 연속 똥도 싸고 갔다. 오늘은 운 좋게도(?) 똥이 나오는 모습까지 봤다! 청딱따구리는 하얀색 똥이 반으로 접힌 채 나왔다. 벽돌에 떨어질 때 보니 약간 ㄴ자 형태였다. 사람이나 강아지처럼 직선이 아니라 둥글게 접힌 상태로 나온다는 점이 굉장히 신선했다.

1월 25일

똥을 연달아 싸고 간 청딱따구리는 암컷이다. 청딱따구리 한 마리가 찾아오는 것만도 감지덕지한 일이지만, 이왕이면 수컷도 우리 집에 데려오면 좋겠다는 생각을 잠깐 했다. 앉으면 눕고 싶다고, 아 이러지 말자 했는데⋯⋯ 아아, 오늘 수컷이 왔다! 암컷이 왔다 가고 5분 뒤, 이마가 빨간 수컷이 등장했다. 암컷이 처음 창틀 먹이터에 왔을 때처럼 구석구석 수색하며 혀로 두드리는 소리를 냈다. 벽과 창틀을 부리로 쪼아보기도 했다. 수컷이 이렇게 창틀을 뒤지는 동안

마누라가 말한 맛집이
여긴가 보군!

암컷은 아래 나무에서 기다리고 있었다. 두 녀석은 확실히 부부일 것이다. 수컷을 데려올 만큼 우리 집 먹이터가 쓸모 있는 곳이라고 여겼다니, 뿌듯했다.

그동안 부부인 듯 남인 듯한 동고비 커플을 보면서 알쏭달쏭했다. 분명 아는 사이 같은데 항상 한 마리씩 와서 재빨리 모이를 물고 가는 곤줄박이들의 행동도 이해할 수 없었다. 왜 사이좋게 나란히 앉아 먹지 않을까. 오늘 청딱따구리 부부를 보면서 이제야 의문이 풀렸다. 예상대로 새들은 친한 사이면 먹이터를 공유하는 듯하다. 그리고 친구가 안심하고 먹을 수 있도록 주위를 살펴준다. 다 그런 이유가 있었다. 알고 보니 새들의 혼밥은 나란히 앉아 같이 먹는 것보다 더 다정하다.

1월 26일

오늘의 방문 기록
박새 1600번

오늘은 왠지 새들이 더 활기차고 들떠 보였다. 눈이 내렸지만 조금씩 봄이 오는 것을 새들도 느끼겠지. 오늘 오후 동안 박새가 창틀을 드나든 횟수는 1600번이 넘는다. 창틀 촬영 이래 최고치다. 반면 쇠박새는 한파가 몰아쳤던 12월 말에 정점을 찍은 뒤로 조금씩 감소 추세다. 박새가 늘어서 쇠박새가 줄어든 건지도 모르겠다. 창틀을 드나드는 새들의 횟수만 센 거라 큰 의미는 없지만, 1년 동안의 창틀 모습을 알기에는 의미 있는 기록이다.

오늘은 다리를 다친 박새 '다리'가 창틀에 나타난 지 2주째 되는 날이다. 벽돌을 한 발로 힘차게 디디는 걸 보니 상태가 좀 좋아졌나 보다. 창틀에 뿌려준 땅콩 가루를 먹을 때 다친 다리를 슬쩍 내려 부척을 창틀에 기대는 게 보였다. 아마도 통증이 전보다 덜해진 것 같다. 내가 빻아놓은 가루가 회복에 도움이 된 것 같아 뿌듯했다. 그런데 사방으로 흩어진 가루 때문에 창틀이 지저분해져서 대책이 필요했다. 멧비둘기까지 꽁지를 흔들어 가루를 마구 헤집어 놓으니 원. 좋은 게 없을까 하며 집 안을 둘러보던 중 비닐봉지 밀폐용 집게가 눈에 띄었다. 좁은 창틀에 놓기에 괜찮아 보였다. 기다란 집게의 오목하게 패인 쪽을 창틀에 맞게 잘라 끼우니 딱 맞았다. 가루가 흩어지지 않고 잘 담겨있으니까, '다리'가 먹기에도 편할 것 같다.

1월 29일

해바라기씨가 예상보다 빨리 떨어졌다. 멧비둘기들이 많이 먹어서다. 멧비둘기들이 미워지려는 찰나, 다행히 주문했던 새 모이가 배달되었다. 멧비둘기들아, 부지런한 택배기사 덕분에 이번만 넘어간 줄 알아라!

오늘은 지인의 전시를 보려고 일찌감치 점심을 먹고 집을 나섰다. 지하철역에서 나와 전시장으로 향하는 길바닥에 노란색 얼룩이 여기저기 보였다. 그게 뭔지 궁금했지만 서둘러 전시장으로 향했다. 그런데 전시장에 도착하니 분위기가 싸했다. '다음 주잖아!' 전시 날짜를 잘못 알고 온 것이다. 이런! 새대가리…… 지난달에도 똑같은 일이 있었다. 도대체 내 머릿속에 무슨 일이 벌어지고 있는 거지? 바보 같은 나를

꾸짖으며 되돌아가는데 바닥의 노란 얼룩이 다시 눈에 들어왔다. 자세히 보니 노란 껍질이 섞인 새똥이었다. 바로 옆 느티나무에 직박구리 몇 마리가 들락거리고 있었지만, 느티나무 열매는 아니었다.

'그렇다면 주위에 노랑 열매가 달린 나무가 있는 거겠지.'

지하철역으로 걸어가며 주위를 찬찬히 살펴봤다. 오! 공터에서 노란 열매들을 바닥에 잔뜩 떨군 나무를 발견했다. 역시 직박구리가 몇 마리 앉아있었다. 집 근처에서는 보지 못한 나무다. 콩깍지처럼 생긴 노랑 열매 속엔 검은 씨가 들어있었다. 열차 안에서 검색해 보니 그건 회화나무 열매였다. 꽃과 열매는 종이 염색에 쓰이고 공해에 강해서 가로수로도 종종 심는다고 한다. 직박구리 덕분에 몰랐던 회화나무를 알게 되었다. 아니, 건망증 덕분인가. 바보 같은 실수로 헛걸음했지만 괜찮은 하루였다.

짹짹 --

새들은 소화력이 약할까? 식물은 종자를 남기기 위해 안간힘을 쓴다. 나무 열매가 화려한 것도 그 이유. 새의 눈에 잘 띄도록 색이 붉고 검은 열매를 맺는다. 새가 먹고 배설할 때 씨앗까지 모조리 소화하면 안 되므로 식물의 열매는 살짝 독을 품는다. 열매를 좋아하는 새들은 열매가 풍성한 가을부터 속이 부글부글 불편할지도 모른다. 소화 못 시킨 씨앗을 배설해야 하니까.

1월 31일

요즘은 암컷 박새들이 너무 귀엽다. 암컷은 수컷에 비해 털빛이 누런 색이라서 더 어려 보이는 것 같다. 박새 중에 과시하고 쫓아내고 성질부리는 건 주로 수컷들이다. 암컷들은 그런 상황을 별로 만들지 않는다. 한쪽 다리를 다친 '다리'도 암컷 박새이다. 순둥이 암컷이 아프면 더 마음이 쓰인다. 녀석이 이틀 동안 보이지 않아 불안했는데 오늘은 괜찮은 모습으로 나타나서 한시름 났다.

인공 둥지 모니터링 프로그램이 올해도 참가자를 모집하길래 신청했다. 오후에 산책하면서 오랜만에 인공 둥지에 들렀다. 둥지 속에 쌓였던 도토리는 양이 좀 줄긴 했지만, 여전히 그득하다. 그리고 느낌상 가을에 봤을 때보다는 좀 작아졌다. 수분이 날아가 작아진 거라면 창고 주인이 거의 안 먹었다는 뜻이다.

'이 녀석, 모아놓기만 하고 겨울 끝나가는데 도대체 언제 먹을래? 곧 새들의 번식 철이 시작된단 말이야. 미안하지만, 2월 말까지는 집을 비워줬으면 해. 안 그러면 도토리 창고를 청소할 수밖에 없어.'

허공을 보면서 다람쥐(?)에게 혼자 마음속으로 편지를 썼다.

2월

너의 똥과 죽음이
우리에게도 있지

2월 2일

박새 '다리'가 왔다. 아픈 다리로 살짝살짝 바닥을 딛는다. 전보다 좋아진 게 확실하다. 가루만 먹더니 요즘엔 한 발로 땅콩 조각을 집어 쪼아 먹기도 하고, 창틀이 붐빌 때는 해바라기씨를 물고 간다. 불안해 보이던 '다리'에게 제법 여유가 생긴 것 같다. 다행이다.

추위도 꺾여 낮엔 영상의 기온으로 올랐다. 긴 겨울이 끝나듯 코로나도 드디어 끝이 보인다. 며칠 전부터는 병원이나 대중교통 말고는 실내에서 마스크를 쓰지 않아도 된다. 몇 년간 '이놈의 마스크!' 지겹고 불편하다 노래를 불렀건만, 막상 맨얼굴로 나다니는 것도 내키지 않는다. 사람들 마음이 다 비슷한지 마스크를 벗고 활보하는 사람은 별로 없다.

세계적인 전염병에서 벗어나 예전처럼 자유롭게 사나 싶었는데, 우리를 기다리고 있는 건 경제위기, 짠 내 나는 현실이다. 게다가 세계가 지켜보고 있는데도 우크라이나 전쟁은 1년째 계속되고 있다. 전쟁의 고통에 비하면 말을 꺼내기도 부끄럽지만, 요즘 사람들의 가장 큰 관심사는 마스크를 쓰느냐 벗느냐가 아니라 이번 달 난방비 폭탄이다. 이번 겨울은 어찌어찌 끝나겠지, 하지만 여름 냉방비는? 또 다음 겨울은 어떨지.

새들에게는 난방비 걱정이 없겠지. 새들의 체온은 사람보다 높아 40도 정도이니까. 높은 체온에 따듯한 깃털로 보온하니 한겨울 폭설에 난방 없이도 견딜 수 있는가 보다.

2월 5일

기후 위기 속에서 절기가 의미 있을까 싶은데, 신기하게도 입춘 무렵이 되니 왠지 봄의 기운이 더 느껴진다. 창틀 촬영을 시작한 것이 지난해 이맘때쯤이다. 우리 집 창틀에 오는 새들의 1년을 지켜보자, 하는 마음으로 '방구석 탐조'를 시작했다. 과연 내가 궁금한 건 구체적으로 무엇이었을까. 지난 1년을 새삼 돌아보는 중이다.

지난달부터 창밖에서 동고비 울음소리가 자주 들린다. 계절의 변화가 동고비에게서 가장 먼저 느껴진다. 같이 온 동고비 암수는 암컷이 먼저 먹다가 수컷이 오면 자리를 비켜줬다. 수컷은 모이를 먹으면서 암컷 쪽을 향해 과시인지 친한 척인지 날개를 살짝 펴서 조금씩 움직였다. 수컷이 자리를 뜨면 이번엔 암컷이 그 자리로 옮겨와 여유롭게 모이를 먹고 아몬드를 부리에 문 채 날아갔다. 이제는 이게 동고비 부부의 사랑법이란 걸 알기 때문에 보는 마음이 흡족했다.

영상을 빠른 배속으로 확인하다가 '다리'의 달라진 모습을 모르고 지나칠 뻔했다. 다른 새들과는 움직임이 달라 금방 눈에 띄곤 했는데 이제는 한 발로 서는 모습이 제법 자연스러워졌기 때문이다. 아직 다친 다리를 땅에 딛지는 못하지만, 점점 나아지는 듯하다.

털갈이 중인 멧비둘기도 왔었다. 녀석이 날개를 퍼덕일 때마다 빨대가 잔뜩 꽂힌 듯한 깃털이 보였다. 왠지 징그러워 절로 얼굴이 일그러졌다. 음, 반소매 옷 사이로 남의 겨드랑이를 본 것 같은 느낌?

2월 6일

오후에 남편이 봄맞이 창틀 대청소를 했다. 작은 창틀을 청소하는 데 2시간이 넘게 걸렸다. 남편 말로는 요즘 '다리' 먹으라고 놓아둔 가루가 창틀 구석구석에 끼어있어 치우는 데 애를 먹었다고 한다. 대충 붓질로 먼지만 털어내는 나와 달리 남편은 청소에 진심이다. 남편 손길이 닿으면 집 안이고 먹이터고 반짝반짝 윤이 난다. 청소하다가 솔을 아래로 떨어트렸다고 해서 보일러실 쪽으로 내려갔다. 솔을 줍다 바닥에 깔린 자갈 틈으로 해바라기씨가 잔뜩 끼어있는 게 보였다. 새들이 땅에 떨어진 것도 주워 먹는 것 같았는데 이렇게 쌓인 걸 보면 그동안 흘린 양이 꽤 많았던가 보다. 빨리 치워야겠다. 어찌 되었든 여기도 내 집의 일부이니까.

2월 8일

외출했다 돌아와 피곤했지만, 모니터를 켜 영상을 열었다. 어대가 헤어드라이어 소리에 놀라 두 번이나 그냥 갔다. 어잘이는 아몬드를 놔두고도 가루를 퍼먹다가 해바라기씨를 주워 먹었는데 청딱따구리를 보고는 놀라서 날아갔다(창틀에 가루를 계속 놓다 보니 가루에 맛을 들인 녀석들이 늘고 있다). 멧

비둘기라면 되레 청딱따구리를 향해 저리 가라고 위협했을 텐데, 어잘이는 생각지 못한 만남이라 놀란 눈치다. 청딱따구리는 벽에 매달려서 먹는 게 편한가 보다. 오늘도 같은 자세로 먹다가 부리를 대충 벽돌에 닦고 날아갔다.

창틀 식당 가루 식사의 주인인 박새 '다리'는 빠졌던 꽁지가 반쯤 자랐다. 활동도 좋아 보이고 별문제 없어 보인다. 하지만 아픈 다리는 구부러진 채 그대로다.

한 박새 수컷은 먹지도 않고 다른 새들을 쫓아내느라 바빴다. 다른 새가 앉을라치면 성질을 부렸다. 이윽고 한산해지자 녀석은 그제야 땅콩 조각을 먹기 시작했다. 여유 있게 식사하고 싶은데, 자꾸 다른 새들이 들락거리니 화가 났을까. 새들의 성격도 참 가지가지이다.

2월 10일

요즘 집 앞 산사나무에 앉아있는 참새 무리가 자주 눈에 들어온다. 원래 이 나무는 박샛과의 새들이나 멧비둘기, 어치, 직박구리가 잠깐씩 앉았다 가는 쉼터였다. 참새들이 쉬는 나무는 길에서 좀더 안쪽에 있는 다른 나무였다. 아니, 왜 옮겼지? 짚이는 건 있다. 바로 앞에 보이는 맛집! 우리 집 창틀이다.

참새들이 모여 앉은 산사나무 근처 길바닥엔 하얀 똥이 수두룩하게 떨어져 있었다. 근처에 주차된 차의 지붕과 보닛, 앞유리도 참새 똥을 피할 수 없었다. 새들이 항상 드나드는 길목이라 새똥과 벌레, 낙엽, 열매 등이 흩어져 있긴 했지만, 전엔 이 정도는 아니었다.

사람 입장에서 동물과 일상을 함께하자면 가장 힘든 부분이 똥과 먹이이다. 그런데 똥과 먹이는 인간을 비롯한 생명체가 살아가는 데 가장 중요한 것들이기도 하다. 먹이가 있는 곳에 새들이 오는 건 지극히 단순한 이치다. 먹으면 똥을 쌀 테고 말이다. 하지만 세상은 사건에 의해 움직이는 법, 먹이를 주는 의도된 행위가 새들의 예기치 않은 행동으로 하나의 사건이 되었다. 결과적으로 나의 순수한 의도가 타인에게 해를 끼친 셈이다.

'여기서 새들이 더 늘면 안 된다.'

머릿속이 복잡해졌다. 이제 겨울 추위는 끝나가니 모이를 줄이자. 아픈 박새 '다리'와 참새 '흑발'이 마음에 걸리지만, 녀석들을 믿어 보자.

시무룩해져서 걷는데 바위 위에 새처럼 보이는 물체가 낙엽에 반쯤 가려진 게 보였다. 나뭇가지로 낙엽을 치워 보니 옆으로 반듯하게 누운 오색딱따구리였다. 자연사로 보기엔 어딘가 이상했다. 길에 떨어진 사체를 누군가 바위 위로 옮겨놓은 듯하다. 순간, 유리창 충돌이구나 직감했다. 늘 똑같아 보이는 조용한 풍경 속에서도 사건은 끊임없이 일어나고 있다.

짹짹 -

새들은 왜 겨울에만 무리 지어 다닐까. 작은 새들은 특히 기후 조건과 먹이 사정이 나빠질수록 다른 종과 무리를 짓는 경향이 강해진다. 마음에 들지 않는 다른 종과 어쩔 수 없이 어울려 지내야 하기도 한다. 새들은 아침이 되면 또 뿔뿔이 흩어져서 저마다의 영역에서 먹이를 잡으며 보내다가 밤이 되면 다시 떼로 와서 잠자리에 든다. 한편 박새 같은 새는 거꾸로 가을에서 겨울 동안 낮에는 다른 종 새들과 무리를 지어 지내다가, 저녁이 되면 흩어져서 각각 다른 잠자리에서 휴식을 취한다.
《동네에서 만난 새》, 이치니치 잇슈, 전선영 옮김, 도서출판 가지)

<u>2월 12일</u>

겨울 동안 하루에 7~8번씩 주던 모이를 4~5회로 줄였다. '다리'를 위한 가루는 틈틈이 채워두었다. 모이가 줄자 멧비둘기 녀석들은 평소보다 허탕을 칠 때가 많았고, 이전처럼 여유 있게 배불리 먹는 모습을 볼 수 없었다. 쌤통이다. 이 녀석들, 이젠 튼실한 날개로 부지런히 다른 데 찾아보거라.

생수 페트병을 이용해 새 먹이통을 만들었다. 물병 밑동에 뚫어놓은 작은 구멍에서 부리로 조금씩 꺼내 먹는 방식이다. 우리 집 창틀에 놓을 만한 모이통을 찾지 못해 나름 고민해서 만들었다. 새들의 반응을 볼 겸 시험 삼아 오후 2시 반에서 4시 반까지 창틀에 올려놓았다. 뜻밖에도 모든 새가 낯선 페트병을 경계했다. 날아오다가도 놀라서 얼른 방향을 바꾸는가 하면, 벽을 타고 왔던 동고비는 모이를 줍다가 깜짝 놀라 도망가기도 했다. 멧비둘기 역시 푸드덕거릴 뿐 다가오지 않았다. 시간이 어느 정도 흐르자, 몇몇 새가 날아왔지만, 여전히 먹이통과 거리를 두었다. 가장 빨리 적응한 건 멧비둘기와 박새, 동고비이다.

웬일인지 참새는 단 한 마리도 오지 않았다. 바로 앞 목련 나무에서 창틀을 향해 짹짹거릴 뿐이었다. 그러다 먹이통을 치우자 그제야 참새 몇 마리가 척후병처럼 왔다 갔다. 안전하다는 걸 확인했는지 잠시 후에는 떼로 몰려와 그동안 못 먹은 걸 보상하라는 듯 난장판을 이뤘다.

페트병의 반짝임 때문에 새들이 경계하는 듯해 창틀과 비슷한 검은색 아크릴물감으로 칠했다. 내일 다시 설치해 볼 텐데, 부디 새들이 경계하지 않기를.

2월 15일

검은색으로 칠한 먹이통을 놓은 지 3일째다. 새들의 경계가 조금 풀린 게 느껴진다. 하지만 모이가 줄어든 이유는 아직 모르는 눈치다. 평소 먹던 양에 못 미치니까 이상한가 보다. 멧비둘기는 '왜 더 없지?' 하는 투로 수시로 들락거리며 집착했다. 참새들은 '빵이 없으면 라면'이라는 심정으로 아픈 '다리'를 위해 놓아둔 땅콩 가루를 먹기 시작했다.

새 모이통을 이용하면 모이를 줄일 뿐만 아니라 멧비둘기를 쫓고, 참새의 수를 줄일 수 있을 것이다. 이 둘은 한꺼번에 많은 양을 원하니까. 한편으로는 박샛과의 새들과 동고비는 먹이통에 잘 적응해서 언제든 창틀에 와서 모이를 먹길 바랐다.

참새와 어치는 먹이통의 구조를 아직 깨닫지 못했다. 나머지 새들은 먹이통의 구멍에서 모이를 가져갔다. 직박구리가 얇고 긴 부리를 구멍에 넣을 때마다 해바라기씨와 땅콩 조각이 밑으로 후드득 떨어졌다. 이렇게 창틀로 떨어진 먹이를 다음에 오는 새들이 가져가는 걸 보고, 나름 괜찮은 방식이라며 스스로를 칭찬했다. 그런데 딱 거기까지였다.

미운 멧비둘기 녀석들은 왜 머리가 그렇게 좋은 걸까. 드디어 먹이통 사용법을 이해한 녀석들은 구멍에 부리를 쏙쏙 들이밀어 열심히 계속 먹어댔다. 동전을 넣고 드르륵 돌리면 작은 과자가 와르르 쏟아지던 뽑기 기계, 딱 그 느낌이다. 구멍으로 해바라기씨가 쏟아지니 아주 신이 나서 눈이 반짝거린다.

멧비둘기는 먹이통에서 맘껏 먹고, 참새는 뭐가 뭔지 모른 채 가루 먹는 데만 집중하고 있다. 과연 창틀의 앞날은? 내가 원하는 그림과 전혀 다르게 흘러가니 걱정이다. 그나마 가장 마음이 쓰였던 흑발이와 '다리'가 지금까지는 별문제 없이 지내고 있어서 다행이다. '다리'는 굽은 발로나마 곧

잘 땅을 짚고, 꽁지깃도 성글지만 자라고 있다. 한쪽 다리로 앞으로 어떻게 살아갈지 걱정되지만, 한편으로는 지금까지 잘 견뎌낸 만큼 앞으로도 잘 살아갈 수 있을 거라 믿고 있다. 작은 일에도 늘 조바심치는 내가 이런 속 편한 생각을 하는 건 흑발이 덕이 크다. 생존 확률 운운, 냉혹한 자연 어쩌고 불안해하는 나에게 그게 아니라고, 너희가 생각한 것보다 우린 더 강하다고 흑발이가 보여주었기 때문이다.

2월 18일

벽돌에 놓는 먹이양을 줄였어도 먹이통 구멍에서 떨어진 해바라기씨와 땅콩 조각들로 창틀 식당은 되레 넉넉해 보였다. 착시현상이다. 벽돌에 놓는 양을 줄인 효과가 전혀 없었다. 오히려 멧비둘기와 참새들이 먹이통에서 떨어진 모이를 배부르게 먹는 듯했다. 나의 큰 그림은 이게 아니었다고!

멧비둘기 녀석들 때문에 계속 신경이 쓰이고 그림 작업에 도무지 집중할 수가 없어 급기야 비둘기 퇴치용품을 주문하고 말았다! 도착한 비둘기 퇴치기는 뾰족한 플라스틱 스파이크를 원하는 곳에 세워 비둘기들이 앉지 못하게 하는 구조이다. 얼른 창문의 단차 부분에 설치했다. 멧비둘기

들이 허구한 날 다른 새들을 쫓아내곤 하던 바로 그 자리이
다. 과연 효과가 있을까?

2월 20일

　오후 늦게 산책하러 나가 집 앞 산사나무 아래 참새들의
똥 상태를 살펴봤다. 참새에게는 먹이양을 줄인 효과가 있
다! 참새 똥이 눈에 띄게 줄었다. 나무 위에 죽치고 앉아있던
참새들의 모습도 보이지 않았다. 녀석들의 본거지였던 뒤쪽

덤불에서만 참새 소리가 요란했다.

2월 21일

'이 정도 찔리는 것쯤이야 참을 수 있다!' 멧비둘기들은 퇴치용 스파이크 사이로 잘만 서 있다. '비 사이로 막 가'가 따로 없다. 정녕 멧비둘기들이 오지 않게 할 방법은 먹이터를 닫는 것뿐인가!

2월 22일

나는 아직도 롱패딩을 입고 산책하러 나간다. 걷다 보면 등판이 후끈해지면서 '얇은 외투를 입고 나올걸' 후회하다가도, 찬 기운이 옷 사이로 스미는 게 싫어 벗지 못하고 있다. 날씨에 적응하는 데 느린 나와 달리 새들은 이미 봄을 살고 있다. 직박구리는 '삑- 삑-' 시끄러운 소리 덕에 항상 들떠있는 듯한 느낌이지만, 오늘 아침 세 마리가 공중곡예 하듯 날아다니는 모습은 분명 평소와 다른 어떤 변화가 느껴졌다.

아픈 박새 '다리'가 3일째 보이지 않는다. 19일까지만 해도 먹이통에서 해바라기씨를 물어가는 건강한 모습이었고,

전에도 이틀 정도 안 보인 적이 있으니 기다려봐야겠다. 그러고 보니 매일 보이던 동백이도 며칠째 안 온다. 1~2월에 암컷과 함께 오는 모습이 자주 보였으니까 슬슬 자기들만의 볼일을 볼 시기가 온 것 같다.

참새 중에는 먹이통을 이용할 줄 아는 녀석이 몇 안 된다. 대부분 다른 새가 구멍에서 모이를 집어 갈 때 밑으로 떨어지는 걸 그냥 주워 먹을 뿐이다. 모이가 나오는 구멍인 줄 모르고 부리를 넣었다가 와르르 쏟아지자 놀라 달아난 녀석도 있었다. 참새 여러 마리가 목을 쭉 빼고 구멍에서 나오는 모이를 신기하게 바라보기도 했다.

'이거 아무래도 너무 많이 나오는 것 같아, 먹이통을 좀 손봐야겠군.'

2월 23일

유명무실해진 비둘기 퇴치용 스파이크는 아예 떨어져 버렸다. 손이 잘 안 닿는 곳이라 대충 붙인 데다 멧비둘기들이 오가면서 자꾸 건드리니 버티지 못한 것이다. 어떻게 할까 하다가 작은 새만 들락거릴 수 있을 정도로 창문을 좀 내렸다. 창문을 내리면 멧비둘기만이 아니라 몸집이 큰 다른 새들마저 못 오게 되고, 촬영도 불편해진다. 어쩔 수 없지, 멧비둘기들이 어떻게 나오는지 지켜봐야겠다.

더는 기다릴 수 없어 인공 둥지 속 도토리를 정리했다. 가을 한 달 동안 토실한 열매만 골라 열심히 모아둔 녀석이 누구인지는 모르겠지만, 이제는 새들에게 둥지를 양보해야 한다. 도토리는 근처 땅바닥에 모아두었다. 둥지 안쪽의 먼지를 털고 닦아낸 뒤 잘 마르도록 문을 활짝 열어두었다. 새로 부여받은 둥지 번호를 적고 나니 새 입주자 맞이 청소 끝!

돌아오는 길에 등산로에 잠깐 올랐다. 오랜만에 듣는 박새의 '삐츠- 삐츠-' 소리와 그보다 얇고 귀여운 쇠박새의 소리가 들렸다. 박새들도 이제 바빠지겠지. 지금 노래하는 박새가 어쩌면 나의 인공 둥지를 이용할지도 모른다는 생각을 잠시 해봤다.

저녁엔 가루를 담는 통을 치우고 창틀을 깨끗이 청소했다. 박새 '다리'가 안 보인 지 벌써 5일째다. 가루 모이를 치우는 게 영 꺼림칙하지만, 만약 '다리'가 살아있다면 창틀 먹이터에 오지 않아도 잘 지낸다는 뜻이므로, 괜한 생각은 하

지 않기로 했다. 미끄러워서 새들이 잘 올라서지 못했던 창
틀에 미끄럼방지 테이프를 꼼꼼하게 붙였다. 먼지가 잘 들
러붙지 않는 재질 같아서 선택했는데 청소가 잘 될지는 지
켜봐야 알 것 같다.

2월 25일

박새, 쇠박새, 동고비는 이달 들어 오후에 더 많이 온다.
오전에는 먹이 활동보다 더 급한 볼일이 있는 걸까? 며칠 안
보이던 동백이는 혼자서 몇 번 오고, 암컷과 함께 다녀가기
도 했다.

창문을 아래로 내린 후 멧비둘기는 선뜻 창틀 안쪽으로
들어오지 못했다. 아뿔싸! 그런데 어깨까지 들이밀고 먹을
건 다 먹는 게 아닌가. 그나마 몸을 자유롭게 움직이지 못해
여러 마리가 달려들어 먹지는 못하고 많이 먹기도 힘들어
보였다. 하지만 이게 얼마나 오래 효과가 있을지는 알 수 없
다. 비둘기 퇴치기의 실패 이후 요즘 부쩍 멧비둘기보다 내
머리가 나쁜 것 같아 풀이 죽어있다. 어떤 방법을 쓰더라도
이 녀석들은 창틀에 기어이 올듯하다. 먹을 게 있는 한! 어쩌
면 이쯤에서 나의 방어도 멈춰야 할 것 같다. 멧비둘기 때문

에 다른 새들까지 어지럽게 하고 싶지 않다.

2월 26일

이제 창틀에서 새들이 헛발질하는 모습은 볼 수가 없다. 미끄럼방지 테이프가 효자이다. 어설프던 참새들도 사뿐사뿐 편해 보이고, 쇠박새는 미끄럼방지 테이프에만 의지에 매달리기도 했다. 진작 붙여줄 걸, 청소가 귀찮아서 그동안 안 해준 게 후회됐다.

창문을 내린 덕에 멧비둘기가 덜 먹고 있는 건 확실하다. 착지를 못 해 그냥 가는 녀석이 있고, 먹더라도 전보다 눈치

를 많이 본다. 또 소리가 나면 얼른 자리를 뜬다. 물론 집착이 좀더 강한 녀석들은 창문 틈을 비집고 들어와 복작거리며 신나게 먹기도 한다. 그래도 전보다는 털이 덜 날리고, 뿡뿡 싸우는 소리도 줄었다.

먹이통은 새들이 이용하는 모습을 계속 살피면서 조금씩 손보는 중이다. 지금은 참새를 비롯한 모든 새가 먹이통을 무리 없이 이용한다. 한번은 구멍을 하나 더 만들고 위치를 돌려놨는데 한 참새 녀석이 곧장 바뀐 위치로 가서 모이를 빼갔다. 참새들은 경계심이 많을 뿐이지 머리는 정말 좋은 것 같다. 그리고 자기가 선호하는 구멍에서만 빼가거나 먹는 자세도 제각각이었다. 낯선 먹이통에 적응해 가는 새들의 모습이 흥미진진해서 마치 새의 행동 연구에 관한 영상을 보는 느낌이 든다. 과학자들이 고단한 연구를 계속하도록 하는 원동력이 혹시 이런 느낌일까.

2월 28일

창틀에서 새들을 스토킹하여 영상을 찍은 지 이제 1년이 됐다. 굳이 따지자면 오늘이 마지막 날이다. 애초에 1년 계획을 세우긴 했지만, 정말 이런 날이 올 줄이야. 365일 하루도 거르지 않고 꼬박 새들을 지켜본 나 자신을 칭찬하고 싶다.

최근에 먹이통을 놓으면서 횟수와 양에 변화를 많이 줬다. 솔직히 모이가 부족하면 새들이 예민해지는 듯한 느낌을 받는다. 참새들이 그렇고, 겨울 동안 매일 들락거리던 다른 새들도 모이양 변화에 민감하다. 하지만 창틀의 좁은 공간에 비해 너무 많은 새가 오고 있다. 미안하지만 어쩔 수 없이 줄여야 한다. 지난겨울 동안 이곳에서 먹은 게 부디 새들에게 도움이 되었길 바랄 뿐이다. 다행히도, 이제 곧 따뜻한 봄이다.

에필로그

영화는 끝나도
삶은 계속되지

지난 1년 동안 새들과 함께 산다는 느낌을 받았다. 비록 창문을 경계로 공간이 분리돼 있었지만, 분명 우리는 사계절을 같이 보냈다. 새들의 삶에 끼어든 건 나였다. 그저 모이를 준다는 핑계로 새들의 생활을 스토킹하듯 엿보았다. 그건 어떤 의미에서는 미안한 일이다. 혼자 좋아하고 미워하고 원망하고 아파하고 감탄했다. 새들은 본능대로 먹이를 좇아 와서 먹고 배설했겠지, 애초에 나라는 인간에는 관심을 두지 않았을지 모른다.

나는 새를 사랑하지만, 멧비둘기는 미워했다. 너무 많이 먹고, 창틀에 똥을 싸고, 털이 너무 많이 빠진다는 이유로, 어떻게든 쫓아내려 했다. 인간이 다른 생물에게 내뱉는 공생이란 단어가 얼마나 공허한지 그렇게 깨달았다. 이기적인 건 도리어 나라고 멧비둘기가 가르쳐준 셈이다. 생존 본능에 따라 먹이 활동을 하는 당연한 이치를 외면하고 내 입장에서 좋다, 싫다 말한 것은 나의 이기심이 맞다.

창틀 먹이터에 오는 새들을 관찰하면서 새를 보는 시선이 달라졌다. 차츰 그 시선은 나를 향했고, 종국에는 내가 어떤 사람인지 돌아보기에 이르렀다. 작은 새들에게 가졌던 측은함과 불안은 그저 내 마음의 문제였을 뿐이다. 작건 크건 저마다의 삶이 얼마나 단단히 압축되어 있는지 비로소 깨달았다.

이 세계는 모든 존재의 유기적인 연결을 통해서 움직인다. 생물은 물론 물 돌 흙 같은 무생물까지 아주 촘촘히 연결되어 있으면서, 또 각자의 삶에 몰두하여 살아가는 것이 이 세계의 동력이 아닐는지. 나에게는 나의 삶이 있고, 동고비는 동고비의 삶이, 쇠박새는 쇠박새의 삶이, 멧비둘기, 박새, 참새, 귀신새, 딱따구리, 물까치…… 저마다 각각의 삶이 있다. 그들 삶에 대한 최소한의 예의를 다하고 싶